ランチ酒

おかわり日和

原田ひ香

祥伝社文庫

ランチ酒　おかわり日和　目次

第一酒　表参道　焼き鳥丼

朝六時の表参道《おもてさんどう》の空気は澄み切っていた。

タクシーを地下鉄の駅の近くに着けると、開店前の巨大なアップルストアが城塞《じょうさい》のようにそびえ立っている。

犬森祥子《いぬもりしょうこ》は、田端史江《たばたふみえ》の手を取るようにして車から降ろした。史江は手作りらしい巾《きん》着《ちゃく》袋から小さなお財布を出して、タクシー代を払ってくれた。領収書もちゃんと受け取って巾着袋にしまう。年度末に確定申告をするそうだ。

「さ、あちらですよ」

祥子も事前にちゃんと病院の場所を確認してあったが、彼女の方が先に立って案内してくれた。小柄な上に背中が丸まっているから背は祥子の胸のあたりまでしかないけれど、病院を差す指先は定まっていた。すべての動作がゆっくりで確実だった。

——すごくしっかりしたお婆《ばあ》ちゃんだ、肉体以外は。

この時間はさすがに表参道でも人通りがない。豪奢《ごうしゃ》なブランドショップはどこも固く扉を閉ざしている。そのためだろうか。数日前から急に気温が上がった六月の蒸し暑さが、一時収まったかにみえた。

こんな時間には誰もいないだろうと思ったのに、自動ドアを入ったとたん、ぎっしりと人が詰まっていて、待合室はすでにいっぱいだった。

——うわ、どこからわいたのか。これは確かに、六時に来る必要がある。


「必ず、六時に行ってね。必ずね」

史江の娘の時江《ときえ》に、しつこいくらい念を押された。

「六時に行ってくれなくちゃ、あなたに頼む意味がないんだから」

スカイプの画面の先に見える彼女は、大きなメガネを押し上げながら言った。海外に長く住む人特有の、ストレートな口調だった。

「わかりました」

「病院のことはママがわかっているはずだけど、あなたもちゃんと調べて」

「もちろんです」

「病院の名前に、『予約』とか『診察』とかで検索すれば、通っている人がブログを書いていて参考になるから、それ熟読して。あそこはね、ちょっとでも受付に遅れると何時間も待たされて、一日中病院の待合室にいることになるの。そうするとママがとても疲れて、前に何日も寝込んじゃったことがあるのね。だから、朝早いのはちょっとつらいけど、結局それが一番、楽なのよ。どうせ老人は早起きだし」

「はい」

「駅から病院に一番近い出口は階段しかないから、渋谷《しぶや》まで電車で行って、あとはタクシーに乗ってね」

祥子がメモを取っているのを確認すると、時江は「よし」というようにうなずいて、やっと安心したらしかった。

吉祥寺《きちじようじ》の、公園の近くの一軒家に住んでいる田端史江は、甲状腺に異常があり、現在症状は落ち着いているものの、半年に一回、この病院で検査をする必要があるらしい。甲状腺の専門病院は日本でも数少ないから、自然と、そこに患者が集まってしまうそうだ。

これまでは、パリに住んでいる娘の時江がその時期に合わせて帰国し、同行していたのだけれど（そのために帰国するというより、彼女が帰国する時期に来院していたという方が正しいかもしれない）、今回に限っては、義理の娘の出産が近づいていて帰国できない。

「夫の前の奥さんとの間の子なのね。でも、子供の頃から一ヶ月に一回は必ず泊まりに来てたから、私にとっても娘のようなものなの。彼女も『トキエ、絶対に立ち会って』って言うもんだから」

海外では義母も呼び捨てなんだな、と祥子は胸の内でうなずいた。それを話す、スカイプの中の時江の顔は、嬉《うれ》しそうというより、誇らしそうだった。

「こっちじゃそういうの、とても厳しいの。離婚してもちゃんと父親としての役割を果たさないと出世に響くくらい」

「へえ」

これには、お腹の底から感心した声が出た。日本もそうなればいいのに。そのくらい強制力があった方が、うまくいくことも多いだろう。自分みたいに、元夫の今の奥さんに気兼ねして、なかなか娘に会いたいと言い出せない人間には特に。

「彼女が十四になった頃、一時期、前の奥さん……本当のお母さんとうまく行かなかった時があってね。ほら、思春期特有の反抗期よね、あれは。いろいろ相談に乗ったの。向こうもちょっと年上のお姉さんみたいに慕ってくれて。だから、本当に家族みたいなの、私たちは」

祥子が心底関心を持って聞いているのが伝わるのか、時江はそんなことまで話してくれた。

ふと、自分の娘が反抗期になったらどんな反応を示すだろう、と考えた。本当のお母さんのところに行きたいと言ってくれるかも。反対に会いたくないと言い出すかも……。

「……まあ、そういうわけで、今回は行けないわけだけど」

「了解しました。吉祥寺のご実家で史江さんを夜から見守りして、六時に病院にお連れすればいいんですね」

「ママは一人で行けるって言うんだけどね、最近、足元《あしもと》がおぼつかなくて転んだりしたら大変だから」

「わかりました」

「そんな早い時間に、介護やお手伝いの人も頼めないし、どうしようかと思ってたら、こういう仕事があるって教えてくれた人がいて」

時江は、祥子の中学時代からの親友、幸江《さちえ》の紹介で依頼してきた。外資系企業で秘書の仕事をしている幸江の友達の友達なのだそうだ。ちなみに、幸江と、祥子が勤める事務所の社長、亀山太一《かめやまたいち》とは、三人とも北海道出身で同級生だった。

時江に言われた通り、ちゃんと六時に来られてよかった、と祥子が考えていると、史江は慣れた様子で、受付用の機械に診察券を通して予約の整理番号を受け取った。

「さあ、どうしましょうか」

整理券を巾着袋に入れると、少し柔和《にゅうわ》な顔になって史江は言った。

「これから、診察が始まる九時まで、三時間あるわね」

「ここで待ちますか」

待合室は混雑していたが、二人分の席も離れた場所なら探し出せそうだった。

「ううん、病院の空気をずっと吸っているのも気が滅入《めい》るでしょう。ここはあんまり病院の臭いはしないけど」

確かに、まだ診療が始まっていないからか、それとも治療が普通の病院とは違うからか、病院臭は薄い。病院というより、銀行の待合室のような雰囲気がある。けれど、確かに同じ目的の患者が詰めかけているだけで、どこか重苦しい雰囲気があった。

「カフェにでも行きましょうか」

祥子はすでに、早朝から開いている、近所のカフェを探してあった。そのくらいは時江に言われなくてもできる。

「そうしてもらえるとありがたいわ」

史江はぱっと笑顔になった。

短大卒業後上京し、ＯＬだった時に合コンで出会った相手との間に子供ができたことで結婚した祥子は、二世帯住宅で同居していた義父母との折り合いが悪く離婚した。

その後、仕事も行き場もなかった祥子を、同郷の友人、亀山太一が雇ってくれた。彼は祖父が大臣経験者、父は手広く事業をしている一族で、自分自身も「中野《なかの》お助け本舗」という事務所を経営している。表向きは、なんでも請け負う「便利屋」だけど、実際には深夜、依頼人の家に赴《おもむ》いて一緒に過ごす「見守り屋」が主な業務内容だった。

深夜十時くらいから朝の五時くらいまで、顧客の要望に応じて、ただ、寝ずの番をするのが主な仕事内容だ。けれど、時間も内容もフレキシブルに変えることはできる。認知症状が出ている犬の見張りをすることもあれば、女性と一緒にいる感覚を味わいたい、と言う性格の悪い金持ち男の自慢話を聞くこともある。たいていのことは受け入れるが、性的サービスはいかなる場合でもお断りする（と、所長の亀山が、老年カップルのセックスを見守って欲しいと頼まれた時にとっさに決めた）。

半年ほど前、元夫、杉本義徳《すぎもとよしのり》が再婚した。相手は同じ会社の後輩社員だった。

彼は再婚と同時に二世帯住宅の家を出、実家の隣町に居を構えた。

それは、祥子との結婚を教訓に同じ轍《てつ》を踏みたくない、という気持ちからの行動かもしれないし、新妻の強い要望からかもしれない。いずれにしろ、小学三年生になった娘の明《あか》里《り》が落ち着いた生活をするためにも、元夫と彼の現在の妻には幸せになって欲しいと祥子も願っていた。新しい妻に自分と同じようなつらい同居を味わわせたくない、というのは本心だ。けれど、自分の時も親との別居を考えてくれればよかったのに、というわずかな不満が心をよぎるのもいたしかたなかった。

新しい家庭はうまくいっているらしい。それは、時々電話で話す明里の声でもわかったし、元夫からの報告でも感じられた。

けれど、しばらく落ち着くまでは遠慮して欲しい、と月一回と決められていたはずの明里との面会をさせてくれないのはどうしても解《げ》せなかった。彼らが再婚してすぐに一回会った。しかしそのあとはずっと断られている。

もっと強く主張したら、と友人の幸江には言われる。祖父の事務所の弁護士、紹介しようかと亀山にもアドバイスされた。

「元夫と、娘の母親という関係をうまくやっていきたいというのと、こちらの権利を主張するのはぜんぜん別問題。主張することはしなくちゃ」

幸江が、一足早いビヤガーデンで生ビールを片手に語るのを、普段はおしゃべりな亀山が、うんうんと聞いていた。

二人は中学時代からくっついたり、離れたりしている。祥子のことがあって、最近、また関係を深めているらしい。

それがどこまでの関係なのかはわからないし、祥子もあえて聞いたりしない。

彼らが言うことはわかる。けれど、実際問題、「権利は権利、良い関係は良い関係」と線引きできないのが日本人……というか、人間というものではないだろうか。

「祥子が言いにくかったらさ、弁護士に言ってもらえばいいさ」

子供の頃から身近に弁護士がいる環境で育った亀山もあっさり言う。いきなり弁護士って……まあ、それは置いておいたとしても、祥子は心の中でつぶやいていた。

それって、お高いんでしょ？

彼にとっては親族の事務所の顧問弁護士だから、ちょっと使うくらいかまわないと思っているのだろうけど、そういうわけにもいかない。

杉本家だって、いきなり弁護士が意見してきたら態度を硬化させるかもしれないし。

それでも、他人から見たら本来ならそのくらいしてもいい事項なのかもしれない。けれど、自分のせいで、娘の新しい家庭に波風を立てたくない、自分が我慢すればいいだけならば、と迷っている。

――こういうところが、結局、自分の今の状況を作ってきたんだろうな。

どこか他人事《ひとごと》のように、祥子は考えている。

こういうところ、こういう状況……つまりは言いたいことをはっきり言えず、なんとなく飲み込んでしまったり、相手の気持ちを勝手に慮《おもんぱか》って身をひいてしまう。そして、気がつくと本当に大切なものは皆、なくなってしまうのだ。

――どうしたらいいのかな。

毎晩、考えている。けれど、結論は出なくて、結局、今月は我慢しよう、と決め、気がついたら半年が経《た》っていた。

祥子が探しておいたのは、ハンバーガーチェーンが出店しているカフェだった。表参道にあるといっても、そうおしゃれなわけでもない。簡素なテーブルとイスが並んでいるだけだが、照明がどこまでも明るく、病院の待合室にいるよりずっといい。

史江はモーニングのトーストセット、祥子はハンバーガーのバンズにトマトとハムがはさまったBLTセットを頼んだ。飲み物は二人ともカフェオレだった。メニューにハートランドの瓶ビールがあった。これなら早朝から飲めるなあ、と祥子は口には出さず考える。

祥子がトレーを運ぶ間、史江はもの珍しそうにきょろきょろ店内を見回していた。こんな時間でも客が結構いる。史江と同じ病院に通っていると思《おぼ》しき中年女性や、テーブルに本を広げて熱心に勉強している女子学生。朝の人たちは皆、清潔そうに見えた。

「こんなところがあるのね」

「はい。今までは病院で待っていたんですか」

「そうね。じゃなければ、表参道の街を歩いて、もう少し先のスターバックスまで行ったり」

「確かにスタバもありますけど、少し遠いので」

「ここなら朝ご飯も食べられるわね。次もここに来ますよ。あの子に教えてあげよう」

「時江さんにメールで場所を送っておきます」

昨夜、史江の家に着いた時、インターフォンを鳴らしてもなかなか開けてくれなかった。

家の中に人の気配はあった。けれど、なぜかドアを開けてくれない。何度も何度も呼び出して、もしかしたら、中で倒れているのでは、と心配になったところでやっと少しだけドアが開いた。五センチほどの隙間《すきま》から、老女がこちらを見ていた。

「すみません。私、犬森祥子です。時江さんに依頼されて、こちらに来ました。今日の夜からご一緒して、明日の朝、一緒に病院に……」

説明しても何も答えてくれない。耳が悪いのかと思って、もう一度同じことを声を張り上げてくり返した。

「……そんな大声を出さなくても聞こえてますよ」

「あ、すみません」

やっとドアが大きく開いた。その時、祥子は、史江がのぞき穴を使ってじっと自分を観察していたのだ、と気がついた。

いろいろな客を相手にしてきたが、ここまで警戒されたのは初めてだった。

そのあとも、史江はほとんど話さなかった。ただ、客間（と思《おぼ》しきソファのある部屋）に向かい合って座り、じっと息詰まるような時間を過ごした。

「あの、そろそろお休みになりませんか。明日の朝は早いですし」

そう言うと、ぎろりとにらまれた。私が寝ている間に、あんた、何をするつもりだ、と言いたげな瞳だった。

「……いえ、どちらでもいいんですけど。でも、明日は五時にはここを出ますから」

「あなたは？」

「私は起きています。見守り屋ですから」

さすがに十一時を過ぎると、史江はふんっというように鼻を鳴らして、「じゃあ、ここの部屋から一歩も出ないでね」と言って部屋から出た。

「あの、トイレは？」

祥子が尋ねると、「そのくらいいいわよ。自分で考えなさい」と言った。

そんな風にずっと硬い表情だった史江が、やっと気を許してくれたような気がして嬉しかった。

「あなたも離婚しているんですってねえ」

急に史江が言ったので、祥子は苦笑してしまった。

「ええ、まあ」

「あら、不躾《ぶしつけ》だったかしら」

「いいえ、いいんです。間違いないですから」

「いえね、時江からあなたのような人に頼む、と聞いた時、知らない人に、義理の娘の出産に立ち会うなんて話したら驚かれるんじゃないかって言ったら、大丈夫だよ、その人も訳ありだから、なんて」

それで史江は尋ねたらしい。

訳ありって何よ、と。そうしたら、離婚して、娘とは別々に暮らしている人らしい、と説明されたのだ。

「それ聞いてねえ、ごめんなさいね、私、すっと気持ちが楽になっちゃって」

それにしては、昨夜、あんなに警戒していたじゃないか、と祥子は心の中でつぶやいた。

「いいえ。私のような者の経歴で気が楽になるなら嬉しいです。でも、時江さんは離婚されているわけじゃないですよね。離婚された人と結婚しただけで」

「ええ、まあねえ。だけど、うちの親戚はそういう人があまりいないの。だから、時江のお相手がフランス人で、さらに後妻だっていうだけで、皆、びっくり……」

史江はそっとため息をついた。

「誰も離婚してらっしゃらないんですか」

「ええ。誰も」

「この頃じゃ、その方がめずらしいかもしれません」

「そうかしらね」

「でも、いいじゃないですか、前の奥様との娘さんとそんなに仲がいいなんて」

「それは」

史江は急に唇をすぼめた。そうすると、口の周りに細かいしわが寄り、急に年齢以上の年寄りに見えた。

史江はしばらく、トーストを小さくかじり、カフェオレを飲んだ。すべての動作が小さく、ゆっくりだった。

「無理してるんですよ、あの子は」

パンを半分ほど食べると、史江は急に顔を上げて、断固とした口調で言い切った。

「え」

「誰が、生《な》さぬ仲の子の出産を心から喜べますか」

「でも、時江さんはとても嬉しそうでしたよ」

「そうですよ、あの子はいつもそうですもの。あの調子で、皆に言うの。とっても嬉しい、幸せだって。なんでも話しちゃうの。ああいうの、なんて言ったかしら。ああ、オープンって言うのよね。なんでもオープン、オープンマインド。あの結婚について、いろいろ噂《うわさ》していた親戚たちにもね、今度は義理のお祖母《ばあ》ちゃんになるのよ、なんて全部話して。黙ってればわからないのに」

「ええ」

「時江はまだ四十五ですよ。旦那のポールさんが十も年上だから仕方ないけど。それなのにあんな若い……カミーユ、それ今度、子供産む娘の名前ね、二十歳《はたち》そこそこで出産して母親になるのよ。子供が子供産むの」

なんだか、史江はあらゆる方向に腹を立てているみたいだった。時江を後妻だとバカにする親戚、歳の離れた夫、その前の妻、若くして母になる女の子……そして、何よりも海外に嫁に行ってしまった娘に。

「あの子はねえ、カミーユが中学でグレて二人の家に入り浸りになった時も本当に喜んでねえ、家族が増えるなんてウエルカムだとかなんとか……本当は時江も子供が欲しかったんですよ。でも、ちょうどその時期と時江が妊娠できる最後の時期とが重なってしまって……旦那さんが今はちょっと、カミーユを刺激したくないとか言い出して。かわいそうに、犠牲になったんですよ」

そこまで言って、史江は口をつぐんだ。

「でも、うらやましいですよ」

祥子は冷たくなったパンをまた小さくちぎっている史江に言った。

「何が」

「私の娘も、時江さんのような女性がもう一人のお母さんだったら、どれだけ嬉しいかと思います」

「……そう」

「そうですよ。そしたら、どんなに安心か。それに、私も娘にもっと会わせてもらえるだろうし」

史江は何か言おうとして、でも、それは、あまりにも踏み込みすぎだと思ったのか、黙った。

「なかなか会えないんですよ」

　だから、祥子の方から説明した。

「新しいお母さんに慣れるまで、少し遠慮してくれって元夫には言われているし」

「ひどいわねえ」

「だから、時江さん、すごいと思います」

　ごめんね、と少しして、史江は言った。

「どうして謝るんですか。こちらこそ、すみません」

　祥子は慌《あわ》てて、頭を下げた。

「あ、何か、新しい温かいものでも持ってきましょうか」

　二人のカップはすっかり冷めていた。紅茶を注文することにした。

「でもね」

　祥子が紅茶を持ってくると、史江は言った。

「子供が欲しかったのに、孫ができて」

「ええ」

「でも、あの子皆に言うでしょ、楽しみだ、嬉しいって。で、皆も、偉いわね、時ちゃんは偉いわねって褒《ほ》めてくれる」

「私も立派だと思います」

「実はね、あの子、事実婚なんですよ。本当の結婚ですらないの」

史江は重大な秘密を打ち明けるように声をひそめた。

「フランスはそういう方、多いって聞きますけど」

「でもね、最初の奥さんとはちゃんと結婚しているのよ。でも、その時の離婚がとっても大変で、それで旦那さんはもう結婚に辟易《へきえき》しているんですって。そんなちゃんとした結婚もできない男なら、時江と事実婚もしないで欲しかったわ、そう思わない？」

祥子は思わず、小さく笑ってしまった。

「笑いごとじゃないですよ」

「すみません」

「前の奥さんは正式に結婚してもらえたのに、時江とはだめなんてそんなことありますか」

史江は憤慨するかのように、少し黙った。祥子もしばらく何も言わなかった。そして、彼女が落ち着いたのを見計らって、口を開いた。

「時江さん、心底喜んでいるんだと思います。私、初めてお会いしてというか、スカイプで話しただけですけど、絶対あれは嘘《うそ》や綺麗事《きれいごと》じゃない。時江さんは本当にいい人です。

優しくて、しっかりしてて」

「そうよ、わかってるわよ、そんなこと、私も」

史江は紅茶のカップを持ち上げようとして、でも、それはカフェオレの物より一回り大きくぼってりとした厚みのある陶器だったからうまくいかなかった。彼女の手首は筋肉が落ちて折れそうに細かった。持ち手の位置も悪く、細い指に力が入らないらしくて、彼女はカップを下げた。

祥子は手を伸ばして、そっと彼女のカップの位置を直した。その様子を史江はじっと見ていた。

「私一人くらい、それを疑ってやらないと、あの子の退路を断つことになるじゃないの。そんな偉い子じゃなくていいのよ。だいたいもともと、そんな偉い子じゃないのよ、あの子は。普通の子なの、普通の娘なの。昔は良いことがあったら喜んで、嫌なことがあったら泣いて、学校や会社の愚痴《ぐち》ばっかり言って、時には友達の悪口も言って……でも、いつ頃からかしら」

史江はまたカップを取った。今度はうまくいき、それを持ったまま視線を上に漂わせた。

「パリに行きたいと言いだして、それを私が反対した頃から、急に偉い子になった。いつも楽しそうで、人のことばかり気遣《きづか》って、聖人みたいになった」

　祥子は、史江と時江の、それからの時間を思った。母親に反対されて、時江は幸せで楽しいふりしかできなくなったのではないか。そして、パリと日本の距離が、さらにそれを助長する。年に数回会うだけではなかなか本音を話せない。

　よくわかる。祥子も北海道の父親にそうだから。

「無理して、やせ我慢してるんだと思うの。そうだったとしたら、あの子、泣き言や愚痴を言いたい時に誰にも言えなくなるじゃないの。だから、疑ってやるの、私は。本当は嘘なんじゃないか、って。本当は喜んでなんかいないんじゃないかって。だって私の知ってる時江じゃないんですもの。あんなの本当の時江じゃない」

「なるほど。そうかもしれません」

「私言ってやるの、スカイプで話す度に『ママ、私幸せよ』と言われたら『違うでしょ、嘘でしょ』って。時江は笑ってるけどね、そのために、私はここにいるの」

「やっぱり、うらやましい」

「え？」

「私には愚痴を言える母はいないので。そういう人がいるだけで、時江さんは大丈夫です」

「あら、お母様が……」

「母は中学の時に死んだんです。ガンでした」

「ごめんなさい」

「いいえ。でも、どっちも本当なんじゃないでしょうか」

「え」

「愚痴を言ってた時江さんも、強がってる時江さんも。もともと時江さんの中にある二人で、時と場合によってどちらかが出たり入ったり」

出たり、入ったり、と史江はつぶやいた。

「それに、たぶん、カミーユさんは……少なくとも彼女は幸せだと思いますよ。産室に入って、立ち会ってなんて、女はよっぽど気を許してないと言わないものですよ。そう思いませんか？　だから、それだけでもいいと思いませんか。世界のどこかの誰かを幸せにしているって」

「そんな」

「退路を作ってやる史江さん、すごいと思います。でも、あんまりネガティヴなことを母親に言われ続けていると、いつか時江さんも疲れてしまうかもしれませんけど」

史江は黙って何かを考えていた。祥子が偉そうに言い過ぎたかな、と後悔した頃、「愚痴っぽい時江にいつか会いたいけど、少し我慢しようかな」という小さな声が聞こえてきた。

さまざまな検査と診察を終え、さらに支払いのあと、薬局で薬を受け取った。その度に順番を待つ必要があった。

十一時頃に全部終わると、史江の表情に疲れが見えた。

「家までお送りしますか」

「いいえ。タクシーで帰るわ、大丈夫」

「おうちまでのタクシーに、私もご一緒してもいいんですよ」

料金のこととかは気にしないでください、と言い添えた。

「ううん、たぶん、タクシーの中で寝てしまうと思うから」

一人きりの方が気楽なのかもしれない。史江の気持ちを推しはかって、祥子は通りでタクシーに手を挙げた。

「もし必要なら、次の通院の時はレンタカーを借りて、往復お送りすることもできますよ。私、運転はできるので。もしまた時江さんが来られない時には」

史江を後部座席に乗せながら思わず言った。次には時江が来るだろうとわかっていたが。

「……ありがとう。時江から聞いた時は、こんなこと人に頼むなんてどうかと思ったけど、一緒にいてくれて助かったわ」

史江は少し笑って、手を振ってくれた。

タクシーが走り去るのを見送ると、体の中から大きなため息が出た。

――疲れた。お腹へった。

助かったと言われたのは嬉しかったし、史江はよいお客さんだったが、ここでどっと疲れが出るのはまた別の問題だ。

祥子はぶらぶらと表参道を歩き始めた。

早朝とは打って変わって、頭の上にはじりじりと照りつける太陽があった。巨大なアップルストアはとっくに開店していて、一目で観光客とわかる、カラフルなスーツケースを持った外国人の姿がちらほらと見えた。

――何を食べようか。

体も心も疲れ切っていた。目が痛み、それと同時に頭もずきずきとしていた。

――まっすぐ帰ってもいいんだが、こういう日は一杯飲んで帰りたいよね。

昨夜の十時から働いたので、すでに十三時間になる。家に帰って寝る前の一日最後の食事となる。

表参道にはセンスも造りもいい、ブランドショップが立ち並び、その間を埋めるように飲食店がぎっしり詰め込まれていた。

――どんな食べ物でも、どんなおいしいものでもありそうな街だから、逆にむずかしい。でも、だからこそ、今、本当に食べたいものを探したい。

軽く目をつぶって、頭の中を検索する。さまざまなランチが浮かんでは消えた。

犬森祥子がランチを選ぶ基準が一つある。酒に合うか、合わぬかだ。

――カレー？　ラーメン？　しょうが焼き？　オムライス？　コロッケ？　寿司？　餃子《ギョーザ》？　麻婆《マーボー》豆腐……ああ、肉だ。肉が食べたい。ステーキ？　ハンバーグ？　焼き肉？　焼き鳥？

そこまで考えて、自然と目がぱちりと開いた。

――そう、そうだ。焼き鳥丼《どん》だ。少し前からずっと焼き鳥が食べたかったんだ。焼き鳥を串から歯でしごいて、生ビールをごくごく飲みたい。だけど、一人ではなかなか食べに行けない。焼き鳥を家でうまく作るのもむずかしい。でも、ランチの焼き鳥丼なら一人で食べられるから。

表参道の真ん中で、祥子はきょろきょろとあたりを見回した。

——とはいえ、ここでやたらに探しても、いい焼き鳥屋が見つかるかどうかわからないし。表参道で一軒の店を探すなんて、鳥取砂丘で落としたボタンを探すようなものだ。行ったことないけど。

祥子はスマートフォンを取り出した。

——ここは文明の利器に頼ろう。

すぐに検索する。「東京都　ランチ　焼き鳥丼」

腹はうまい焼き鳥を欲していた。冷凍食品をチンしたり、外国産の鶏肉を使ったりした店じゃないところ。できたら、朝、鶏をさばいて、その日に出すような店を。

もし、良い店が別の街にあれば、少しなら遠出も厭《いと》わないほどの気持ちだった。

一瞬のうちにずらりと店名が並ぶ。なんとその一番上に、この表参道にある店を見つけた。

——これはご縁かもしれない。ここから歩ける！　よし、決めた。

幸い、店は十一時半からだった。歩いていけば、ちょうど開店と同時に入れそうだ。

店は表参道の交差点の近くの細い道を入ったところにあった。大通りから十メートルほど入っただけなのに、店前の植木の枝振りがよく、まるで田舎《いなか》の一軒家のような趣《おもむき》のある入り口だった。

着いたのは開店五分ほど前なのに、すでに客が入っている。慌てて、店内に入った。

――これは、かなりの人気店と見た。

すぐにカウンターに案内される。カウンターは祥子が最後の一席で、かろうじて一番端に陣取ることができた。

アジア系の女性が注文を取りに来る。思わず、あたりを見回してしまう。カウンターの前には「ねぎま」「ささみ」「レバー」など夜のメニューらしい木の札がかかっているが、昼のメニュー表などはないらしい。

「焼き鳥丼、焼き鳥定食、ラーメン、どれ？」

彼女が早口で説明しただけだった。

ラーメン⁉　いきなり言われて、あたふたとしてしまった。それにアルコール類は、昼には出さないのだろうか。少しどきどきしながら、「焼き鳥丼、お願いします」と頼む。

そして、彼女の去り際、勇気を出して言い添えてみた。

「あの、ビールないですか」

「生？」

「はい」

「ありますよ。一つね」

――よかったー。生ビールあった！　ここまで来てビールがなかったら切ない。

まず、生ビールのジョッキと水が運ばれてきた。どちらにもびっしりと霜《しも》がついている。ジョッキは冷たく冷やされていたようだ。

――お冷やのコップがでかい。ジョッキと同じくらいの大きさがある。なんというか、これだけでも、なんか嬉しい。いっぱい水が飲めるのって、それだけで歓迎されている感じがする。

少し遅れて、キュウリの漬け物の小皿がやってくる。これは、ビールのお通しとかではなく、ランチの付け合わせのようだった。それをぽりぽりと食べながら、ビールを飲んだ。

――あー、暑かった。でも、歩いた甲斐《かい》があった。体にビールが染み渡る。

ビールを三分の一くらい空《あ》けたところで、主役の焼き鳥丼がやってきた。大きくて少し平たいどんぶり鉢《ばち》。お運びの女性がそれを祥子の前に置くと、文字通り「どーん」と音がするようだった。一緒に、小鉢のわかめスープも並んだ。

――うわー、大きい。どんぶりも、鶏肉の一つ一つも全部大きい。

焼き鳥は串がすでに抜いてあるから食べやすそうだ。ねぎま、鶏とシシトウ、ささみわさび、レバー、小さめのつくね。肉とご飯の間には刻み海苔《のり》が敷いてある。どんぶりの底が浅いので、見た目ほどご飯は多くない。たれがご飯全体にかかっているが、でも、かけ過ぎてはいない。甘辛いたれが染みているところと、白いところが、ほどよく混ざっている。

——これはいい。どんぶりの直径が大きくて底が浅くなかったらご飯が多すぎる。これなら、たっぷりと焼き鳥を楽しめる。

一番に、まずシシトウの脇の肉を一切れ箸《はし》でつまむ。一口ではとても食べきれない、大きな鶏。嚙《か》みしめると、肉のうまさが口に広がる。しっかりした歯ごたえの肉だった。

——これはおいしいなあ。本当にこの店にして良かった。

そして、ビールを一口。合わないわけがない。

——これなら、夜、焼き鳥屋に行けなくても寂しくない。一人で食べても寂しくない。

心の中でそうつぶやいたところで、祥子ははっと気づく。

寂しいのか、私は。

これまでだって、ずっと独りぼっちだった。

離婚した時、夫の家に娘を置いてきたことを何度後悔したことだろうか。

あの時、仕事も家もない状態で、自分一人が生きていくのが精一杯。何より、夫や義父母との長年のいさかいや離婚に向けての話し合いで祥子は疲弊《ひへい》しきっていた。

娘の明里は、祥子さえいなくなれば、今まで彼女を囲んでいた人、つまり両親、祖父母の四人のうち、三人とは変わらぬ生活を続けられるのだ、と説得された。また、そんな話し合いが続いていたにもかかわらず、明里の前ではずっと平静を保ち、決して争いの空気をかぎ取らせなかった義母には少し感心もしていて、結局、一人で家を出る決断をした。

どれだけ泣いたかわからない。

それでも、涙を拭《ふ》いて自分の小さな部屋を見回し、ここにあの子を連れてくるわけにはいかなかった、と胸に言い聞かせるしかなかった。

夫が再婚するにあたり、もう一度、家族のかたちを見直す可能性もあると思ったが、祥子側の状況が整っているわけでもなく、新しい母親にも懐《なつ》いている、と聞かされた。実際、明里はその人を好いているとはっきり言った。

それでも。

——そろそろ、会うくらい、いいんじゃないかな。

祥子はどんぶりの上の焼き鳥を見つめる。ねぎまは、薄く切った鶏肉で短冊の長ネギを半分巻いている、凝《こ》った作りになっていた。

店の外を見ると、照りつける日差しの中、数人が順番を待っている。ハンカチを使って額《ひたい》の汗を拭《ぬぐ》う姿も見えた。こういう人気店で、たとえアルコールを頼んでいても、長時間居座るわけにはいかない。

祥子はまたさらに大きなねぎまの一片を箸でつまんで、口にほおばる。もぐもぐと口を大きく動かして、ビールで飲み込んだ。

――やっぱりおいしい。悲しくても寂しくても、おいしい。鶏の味が濃い。きっといい鶏を使っているのだろう。せっかくの焼き鳥だ。ちゃんと味わって食べないと。

ご飯にかかったたれは甘辛いが、焼き鳥自体はあっさりしている。肉本来のうまさを味わうために、さらりと醬油《しょうゆ》味を身にまとっているだけのように思えた。まるで夏用の絽《ろ》の着物をまとった美人のように。

――このバランスがいいんだな。

ささみがまたいい。塩焼きにたっぷりのわさび、味が変わって、また食が進む。焼き鳥、ビール、ささみ、また、焼き鳥、ビール、合間に甘いご飯、さらにさらにビール。どこをどう切り取っても、満足できる。

――ここはどんぶりとしてもおいしいけれど、私のようなランチ酒仕様の人にも合っている気がする。まあ、他に私みたいのがいるかどうかわからないけど。

そこでつくねに箸を伸ばした。小さめのつくねが三つ、かわいらしく並んでいる。こちらもまた、べたべたと甘いたれでなくて、あっさりと醤油に通しただけのような味付けが、安い居酒屋の焼き鳥とは一線を画している。鶏肉が新鮮で、臭みがないからできる技だろう。表面がかりかりと香ばしく焼き上げられているのもすばらしい。

——ああ、ここ、夜も来てみたいなあ。今度、亀山と幸江を誘ってみるか。

そう思ったとたん、再び現実が祥子に降りかかる。

——思い切って、弁護士に相談してみるか。

考えてすぐに打ち消す。

——いやいやいや、それはさすがに。ちゃんと一度、自分の気持ちを元夫や彼の新しい妻に話してからだ。弁護士なんて言ったら、逆に向こうを刺激することになるかもしれない。

まずは話し合いだ、と口をご飯と焼き鳥でいっぱいにしたまま、うなずく。

一日も早く連絡しよう。子供はすぐに大きくなる。半年でずいぶん成長しているに違いない。

そこに、ちりん、と音がして、ショートメールが届いた。

慌てて見ると、パリの時江からだった。

「母と連絡取りました。無事、病院にも行けて、祥子さんとも楽しい時間を過ごせたようで、嬉しそうでした。どうもありがとうございます！」

こちらこそ、ありがとうございます、と返事を打ちかけたところに、二通目のメールが来た。

「あの、少し気むずかしいところもある母をどう攻略（笑）したのか、さすがプロは違う、と感心しました。あ、感心した、なんて上から目線ですかね。でも、本当に感謝しています」

祥子の方が嬉しく、くすぐったいような気持ちになる文面だった。もしかしたら、史江は思った以上に満足してくれたのかもしれない。

「それから、すみません」

またまた、追いかけるようにメールが来る。

「ここからのことは個人的なことなので、ご不快だったら無視してくださいね。祥子さん、離婚後、娘さんのことで何か悩んでいるんですって？　母から聞きました」

あ、と声が出てしまう。史江に何を話したんだっけ、と改めて思い出そうとした。

「不躾だったらごめんなさいね。私はちょっと立場が違うし、住んでいる国も違うので、どうかわからないけど、もし、何かご相談に乗れることがあったら、お気軽に連絡してください。何かお話しできることもあるかもしれません。アドバイスなんて偉そうなことはできないけれど、私に話してすっきりすることもあるかもしれません」

海外生活が長い人の率直さと、日本人らしい気遣いがよく交ざったメールだと思った。不愉快ではなかった。まだ、すぐにすべてを打ち明けられるほどではないけれど、立場も住む国も違う人に何かを「話せるかもしれない、相談できるかもしれない」という予感は、祥子の気持ちを軽くした。

勘定を払って外に出た。初夏の日差しが厳しい。けれど、祥子は力強く歩き始めた。

第二酒　秋葉原　角煮丼

人は時に、「今日はどうしてもあの店であの味を食べたい」と強く願うものだ。

その日の祥子もそうだった。疲れきっていて、前に同じように疲弊した時食べた「あの店」「あの味」を求めていた。

お値段五百円でから揚げを十五個まで増量できるという、超絶リーズナブルなから揚げ丼の店を目指していた。前はからあげ南蛮《なんばん》丼を食べたけど、今日ならから揚げを十個くらいまでいけそうだ。

——かりっと揚がった鶏はもちろんだけど、たった二百円のハイボールだとか、その十五個のから揚げ目当ての元気なお客さんたちだとか、何かと元気になれる店なんだよなあ。

まだ六月なのに、あまり梅雨《つゆ》らしくなく、すでに夏の暑さが始まっていた。じわじわと体が熱くなってくる。

ここに、あの、氷若干多め（たぶん、コスト削減のためだろう。しかし、この暑さにはむしろありがたい）の冷たいハイボールを流し込みたい。きっと胸が痛いほどに食道を冷やして落ちていくだろう。そして、胃に入ったら、ぽっと熱くなる。

——この角を曲がって、スーパーのライフが見えてきたら……。

店は大きなライフの看板が目印だった。ライフの前の道路を渡った向かいに店がある。

ん？

やっとライフが見えてきた。その向こうにそろそろ、ちらちらと「あの店」が見えてくるはずなのだが。

——あれえ？　前はこの辺りから、黄色の大きな「ハイボール二百円！」の看板が見えてきてたはずなんだけど。

不吉な予感がする。

こんな時、人は二種類に分かれるのではないだろうか。

最悪の時を予想して受け止め、まっすぐそこに突き進む派と、現実をなかなか受け入れられず「これは何かの間違いに違いない」と思って「今日だけ看板を出し忘れたのかも」とい方に解釈し、店の方はあまり見ず、だけどちら見しながらそっと近づく派と。

祥子は後者だった。

心のどこかで半《なか》ばあきらめつつ、そちらを見ないようにして進んだ。

店の前の横断歩道まで来た時、さすがに「あーーー」という声が出た。

華やかなカラー写真の、タイ料理の看板が大きく下がっていた。そこにはまたひときわ巨大な文字で「ガパオ」と書いてある。店が替わってしまったようだ。

――ガパオライス……嫌いじゃない。いや、むしろ、好きな方だ。だけど、今はそれじゃないんだよなあ。

写真にはタイのシンハービールをはじめとした、アジアの瓶ビールの写真も載っている。

――タイのビールも大好きだ。だけど、今はそれじゃない。今日は大量のから揚げを食べて、ハイボールをごくごく飲んで、元気になりたかった。

昨夜からの疲れもあり、店の前で、がくっと膝《ひざ》から崩れ落ちそうになった。

――いったい、なんの因果で……。これはもう、前世からの怨念《おんねん》に違いない。

しかし、さすがに、本当にそこに膝をつくわけにもいかない。気温はそろそろ三十度に近づいていた。

――もう、いっそのこと、家に帰ってしまおうか。

とりあえず、秋葉原《あきはばら》の駅に向かってとぼとぼ歩き始めた。

そこまで祥子が落ち込むのには、理由があった。

――あまりにも運が悪すぎる。

それは、約二十四時間前に始まった。

「やだね」

社長の亀山からの仕事依頼に、祥子は最後まで聞かずに言った。

「まあまあ、拒否するのは話を聞いてからにして」

「だって、前に変な感じになったの、亀だって知ってるじゃん」

つい、子供時代の、「かめ」という呼び名が出てしまう。相手は同級生といえども、一応、自分の雇い主、社長なのに。

「いや、だからさ、新藤《しんどう》もあの時のことを反省して、っていうか、あいつにしてはめずらしく、かなり落ち込んだみたいでさ。『やっぱり、俺には同じくらいの歳の女はだめなのかもしれない』なんて言うからちょっとかわいそうでさ」

新藤剛志《たけし》は、以前に見守りに行ったことがある、亀山の大学時代の友人だった。齢《よわい》三十そこそこにして年収二千万以上、外資系証券会社の日本部門の副支社長という輝かしい経歴。秋葉原のぴっかぴかのタワーマンションに住んでいる。

しかし、性格が悪い、というか、亀山曰《いわ》く、「癖が強い」。そして、どこか女性蔑視《べっし》で、女を若さでしか見てなくて、いつも金の話ばかりしてて、人生を費用対効果でしか見てなくて、偏狭で、偉そうで、地下アイドルに入れあげてて、それも、ちょっとストーカーチックで……。

祥子も思い出して、ちょっとびっくりした。金持ちであること以外に、いいところが一つもない！

「すごいね、ここまで揃《そろ》うと壮観だね」

「言うなって。あれからな、両親の勧めで二十代の女と何度も見合いしたんだと。あの経歴とまあまあな容姿だから、相手は引く手あまたなんだけど、しばらく付き合うとほぼ確実に、相手から断られるんだってさ」

最近の二十代の女の子たちも捨てたもんではないな、と祥子は感心した。金と容姿でとりあえず、一度結婚してみるか、と思うような女が現れてもおかしくないのに、ちゃんと断るなんて。

「さらに、あの、まあまあな容姿も急激に衰えつつある」

新藤は彫りが深い、少し古臭い二枚目な顔立ちだった。

「あちゃー」

「ほら、わりにはっきりした顔立ちだから、仕事の疲れとか出やすいんだろうな。目の下に隈《くま》なんかできるとものすごく老けた感じになる。さらに髪の方もやばくなりつつあるらしい」

亀山はふさふさしている自らの髪を無意識なのか、自慢なのか、手櫛《てぐし》ですきながら言う。確かにそれだけは親に感謝した方がいい、と祥子は八十にして未《いま》だ髪が豊富な彼の祖父のことを考えた。そのおかげかは不明だが、地元の選挙区はまだまだ盤石《ばんじゃく》だ。

「でさ、親も心配して、もしかして、女性に興味がないのか、とか言い出して」

「失礼だと思う」

「え」

「見合いがうまく行かないからって、ゲイだと疑うって、ゲイの人に失礼でしょう。自分の息子の性格に難があるって気づいてないのかな」

「まあ、それは……親ってもんは子供のことになると甘いからな」

「ふん」と思わず、鼻を鳴らしてしまった。

「で、もう一度、お前に会って、今度はちゃんと話を聞いてみたいって言うんだよ。あと、この間のことも謝るって」

「何を謝るの？」

「だから、あれだろ、夜中の秋葉原にほっぽりだしたってことだろ」

そうだった。怒りにまかせて、女を夜中の街に放り出すような男というのも最低リストの一つに加えられるのだった。まあ、あれは自分にも少し悪いところはあった、と祥子はちらりと反省した。

「別に謝ってくれなくていいです」

「そう言うなよ。じゃあ、見守り代、倍出す。っていうか、料金倍にしてくれって言ってみるわ」

「……それなら、まあ」

「いいか？」

「嫌だって言ったら、会いませんから」

「わかった、わかった」

亀山はその場で新藤に電話し、彼はあっさりと条件を呑んだのだった。


駅に向かってふらふらと歩く。

日差しがさらに強くなり、あたりを照らしつけ始めた。祥子はバッグの中に最近常備している、キャンバス地の帽子を出してかぶった。すると、額と前髪にじわじわと汗がにじんできた。

——そろそろ日傘の季節かもしれない。帽子だとよけいに汗をかいてしまう。

歩いている方向に、ＪＲの高架が見えてきた。

数軒の蕎麦屋《そば》、ラーメン屋の前を通り過ぎた。秋葉原といえば、ラーメンの名店がひしめいている印象があるが、蕎麦屋も負けてはいない。けれど、駅に近づくにつれ、やはりラーメン屋が多くなってきた。その数、バラエティの豊富さは群を抜いている。

——しかし、なんであんないい店が潰《つぶ》れちゃったんだろう。安いし、うまいし、文句のつけようがない店だったのに。東京って怖い。いや、今の日本が飲食店にとって、それだけ過酷ということか。

十一時過ぎにして、すでに何人も並んでいる店もある。祥子も立ち止まって店を偵察してみた。外にメニューが貼《は》ってあり、その横に「準備ができましたら、店員がお声をおかけしますので、しばらくお待ちください」と書かれたボードが掛けてあった。かなりの人気店らしい。もしかしたら、大人気ラーメンが食べられる、またとない機会かもしれないが、どうも今日はラーメンの気分ではない。

——やっぱり、一度、丼と思ってしまったら、すくなくともご飯が食べたいなあ。できたら、揚げ物も食べたい。

ＪＲの線路に突き当たったところで、曲がる。そのまま線路にそって歩いて行った。

——このままだと、本当に駅に着いてしまう。駅前まで出たら、チェーン店が多くなるだろうし。

この辺りで店を見つけるか、家に帰るか、二つに一つだった。

——さあ、どうするか。

ふっと路地をのぞくと、一軒の店の前に数人の行列ができている。

——また、ラーメン屋だろうか。

少し、気をひかれて、近づいてみる。

ラーメン屋ではなく、どうも肉系の料理を出す、イタリアン居酒屋らしい。

ガラス戸に「とろとろ玉子の角煮かつ丼はランチのみです」と書かれた貼り紙があった。

——とろとろ玉子。角煮。かつ丼。パワーワード三つ揃い踏み。というか、パワーワードのみで作ったメニューだな。興味をひかれないはずがない。しかも、開店十分前ですでに並んでいる。さらに、私は揚げ物と丼を欲している。

しかも毎日ハッピーアワー、と書かれた置き看板もあった。夕方十七時から十九時まで一杯、二百五十円、何杯飲んでも！　生ビール、スパークリングワイン、生ホッピー、ハイボール……の文字が躍っている。

アルコールのメニューが豊富な店らしい。すでに太陽は頭上近くに上がった。けれど、これは並ばずにはいられない、と思った。

祥子は行列の最後についた。

——女性一人では入りにくい店なんだろうか。

今並んでいるのは皆男性だが、それぞれ一人客のようだ。開店五分前になると、行列は店をぐるりと半周取り囲んでいた。

——こっちこそ、すごい人気店なのかもしれない。

そして、時間ぴったりに開店した。

一人客は相席で、でも、六人テーブルに一人置きに座るように案内された。

——あ、これはちょっと嬉しい。ぎゅうぎゅうに詰《つ》め込まれるとつらいし。

ランチメニューを見つめた。

○とろとろ玉子の角煮かつ丼　シングル　ダブル　○鶏の唐揚げ定食　○とろとろ玉子の角煮カツカレー　○自家製ローストビーフ丼　○とろとろポーク角煮丼

——ああ、カツカレーにもひかれるなあ。ローストビーフも捨てがたい。

しかし、注文を取り始めたのを聞いていると、やはり、ほとんどの人が「とろとろ玉子の角煮かつ丼」である。

——やっぱり、この店のスペシャリテっぽい。

祥子の前にも店員さんが来た。

「とろとろ玉子の角煮かつ丼のシングルをください。それから」

生ビールかハイボールを頼むつもりだった。しかし、ふっと口をついたのは、自分でも思いがけないチョイスだった。

「赤ワイン、グラスでいただけますか?」

「はい、どれにしますか」

「え?」

「赤ワインのグラス、三種類あるんですけど」

「あ。ハウスワインっぽいのでいいのですけど」

忙しいランチの時間、さらに、これだけ満員の店内で、迷うなんて申し訳ないと思って、早口で言った。

「メニューお持ちします」

――いいのかなあ。混んでいるのに、お手数かけて申し訳ない。

すぐにドリンクメニューが届く。それは、ワインを注文した自分をほめてやりたくなるものだった。

飲みやすいチリ産のカベルネソーヴィニヨン、スパイシーなフランスワイン、アルゼンチンのシラーズ。

そのリストを見ただけで、胸にぽっと灯がともるような喜びがあった。

——全部ひかれる——。けど、がっつり角煮のカツを受け止められるのはこれしかないだろう。

「シラーズのワインで！」

シラーズ、フランスではシラーと呼ばれる品種のブドウが作る、どっしりと濃厚な味が祥子は大好きだった。というか、ワインのブドウの銘柄はほとんどこれしか知らなかった。昔、会社員だった時に連れて行ってもらったフランス料理屋さんで、ものすごく自分好みのワインがあって、尋ねたらエルミタージュという名前のワインだと教えてもらったのだ。それはシラーという品種のブドウを使っているということも。

かつ丼を待つ間に、水とワインが届いた。水はウィスキーの角《かく》ハイボールのジョッキに入っている。ワインはつるのないタイプの丸みを帯びたグラス。けれど、こういうカジュアルな店では気楽でいい。赤ワインのグラスに霜がついているのも、この季節ならむしろ嬉しい。

ワインは、すでにそのこっくりした味わいが約束されているような、濃く深いブルーベリーのような深紅《しんく》。手でグラスを包み込むようにして、一口含む。

——わかってた。わかってたけど、やっぱり、濃くてしっかりした味が嬉しい。少し渋みがあるけれど、これもまた、きっとかつ丼に合いそうだ。

まず、付け合わせの味噌汁《みそしる》が届いた。具がまったく見えない、そっけない味噌汁だった。割り箸《ばし》を、店員に指示されたとおり、テーブルの下の引き出しから取り出して、まず口をつけた。

「あ」

何も入っていないと思いきや、味噌汁の具はあおさ海苔《のり》だった。ごくわずかでも旨《うま》みがまったく違う。磯《いそ》の香りが口いっぱいに広がる。

——これ、好きなやつ。適当な具が入っているよりずっといい。塩加減も的確だ。

祥子の周りの男性たちは皆、かつ丼ダブルを注文している。二百五十円しか違わずに、カツが二枚載って来ることを思うと少し損した気分になる。しかし、ワインも頼んでいるし、祥子では食べきれるかどうかはギャンブルになってしまう。

まず、かつ丼が先に運ばれてきた。

深さのある丼、上から見ると白いご飯の上に、細長いカツがはみ出している。その上に、見ただけでふわふわとわかる、黄色のオムレツが載る。玉子の上にはさらに三つ葉、そして、じっと目を凝らすと同じように黄色で千切りの何かが添えてある。つい、好奇心が先に立って、それを箸でつまんで口に入れた。

――レモン？　レモンの皮の、レモンピール？　これはカツや玉子と一緒に食べるとどうなるのだろう。

三つ葉をのけて、オムレツにそっと箸を入れる。真ん中を横に切るように開くと、とろりん、だらりん、と玉子がカツの上に広がった。

――これ、正解の食べ方だと思う！　たぶん！

まず、カツだけ箸でちぎり、口に入れる。はっとする。

――今、無意識にちぎったけど、箸だけで楽にちぎれるほど柔らかいんだ。

バラ肉やロースほど脂《あぶら》っこくない肉を一センチほどの厚みに切り、じっくり煮込んだあと、カツにしているようだった。

――肩ロースだろうか。一口でおいしいとわかる味。甘くてこくがあって、でも、甘過ぎなくて脂っこ過ぎなくて。

角煮をカツにするというと、かなりしつこいものを想像しそうだが、煮たことでほどよく脂が落ち、衣は薄い。これだけでご飯と一緒に食べても十分おいしい。

上の玉子だけ口に入れてみた。かつ丼なので、無意識にこちらの玉子も甘いのかと思っていたら、これは普通の塩味のオムレツだった。

――これはいい。甘いカツと玉子を口に入れるとさっぱりした味わいになる。それに、オムレッだけで酒を飲むのも味が変わってすごくいい。

　そこまできて、やっと、玉子、角煮かつ、ご飯の三位一体で口に入れてみた。

――あー、これ、いいかも。普通のかつ丼より好きかも。甘さとしょっぱさがちょうどいい。あ、ワインを忘れていた。

　酒を忘れるほど、インパクトのある丼だった。慌《あわ》てて、一口、かつ丼を食べた口に入れる。

――ああ、ワインの渋みがいい感じに、豚の甘さを調和してくれる。

　しかし、人間とはなんと贅沢《ぜいたく》でわがままなものか。豚肉本来の旨さや甘さだって十分なものなのに、それをこってりと甘く煮て、脂を落として旨い角煮を作り、それを揚げてまた脂っこくさせ、でも、あっさりした玉子を付けて、「甘過ぎなくてちょうどいい」だなんて。そして、それにご飯の甘みをまとわせ、ワインの渋みで調和し……。

――足したり、引いたり、また足したり、引いたり。今に、神様の罰《ばち》が当たるぞ……しかし、その罰が当たるまでは、じっくりこれを楽しみたい。

　しばらく、かつ丼を食べることに集中する。カツを食べてご飯を一口、玉子で一口、すべてを口に入れてもぐもぐ、そして、赤ワイン。三つ葉がアクセントになる。レモンピールはすべて一緒にするより、角煮かつとご飯のみの時、一緒に食べるとさっぱりしておいしい。

食べ進めると、タレを吸ってはがれたカツの衣がべったり張り付いたご飯を見つけた。これもまた、甘脂っこい衣とご飯の組み合わせがいい。

――少しジャンクな味だけれども。しかし、本当に、いろいろな楽しみ方ができる丼だなあ。

白飯は少し硬めだが、米の一粒一粒が艶《つや》やかで、この料理にぴったりだった。

――オムレツもとろとろの仕上がりだし、カツは柔らかく煮たものを丁寧《ていねい》に揚げているし、白飯もおいしい。三つのおいしいものをすべて吟味《ぎんみ》して作っている感じがする。だからこそのおいしさ、行列なのだろう。

ふっと思う、やはり、三つを適当に合わせてはならないのだ、三位一体なのだ、と。

昨夜、亀山の言う通り、新藤はかなり反省しているのか、神妙な面《おも》もちで祥子を迎えた。

祥子が玄関で靴を脱いでいる間、「いやー、この間は」と言う声がしたので顔を上げると、顔の前で手刀を作って手を振る彼がいた。

――それで謝罪を表しているつもりですか……もしかして。

実際、彼はそれだけすると、さっさと部屋の中に入っていった。仕方なく、追いかけるように、そのあとに続いた。

「ご飯は？」

「もちろん、食べてきました」

相変わらず住宅展示場の部屋をそのまま持ってきたような、雑誌のおしゃれなお部屋特集に載っているような、ダイニングルームに通される。

失礼します、と断って、並んでいる黒革のソファの、一人掛けの方に座った。

「元気だった？」

まるで、親しい友人のような口の利《き》き方するじゃないか、と少しいらっとしたが、彼の行動について、自分が必要以上に敏感になっているのかもしれない、と考え直し、静かに答えた。

「そうですね」

「それはよかった」

「どういたしまして……新藤さんもお元気でしたか」

「あ、それがさ」

祥子が尋ねるのを待っていたらしく、堰《せき》を切ったように話し出した。

「部下が二人、急にやめたんだよね。なんか、他の外資に引き抜かれたらしい。給料もいいし、やりがいもあるって、皆には吹いて出て行ってさ」

激しく貧乏揺すりをしている。かなり頭に来ているらしい。

「そしたら、向こうの会社ではあんまりうまくいかなくて、すぐに馘《くび》になったらしい。いい気味。俺がこれまでバックアップしてやってたから、そいつらも人並みの働きができていたのに、気がついてなかったんだよな、そのことに。いい気味。まあ、いいや、それは。ただ、そいつらが出て行ってから、新しい人間が来るまでの一ヶ月ちょっと、俺が一人でその穴を埋めたわけ。いや、他にも人はいるよ、もちろん。だけど、皆、自分の仕事をしながら穴を埋めるほどのことはできないからさ。ここんところずっと、早朝出勤して、夜中まで残業。日本人、勘違いしているよね。外資とか海外とかの会社は残業してないと思ってるの。バカか。エリートはどこも誰より長く働いてるの。どこの国でもね。早朝出勤とか当たり前だし」

「でも、働いた分のお給料は出ているんでしょう」

「まあね。その間をよく埋めたって、ボーナスは少しもらったけど」

不満そうな雰囲気と、得意そうな様子が混ざっているので、彼がどちらの気分で話しているのか、よくわからない。まあ、得意六、不満四というところかな、と察した。

「皆、勘違いしてるんだよね。ちょっと外資にいるからって自分が特別だとか、仕事できると思っているの。でも、バカの割合はそんなに変わんない。というか、あの会社で仕事できるのは、マジな話、俺一人なわけ」

それは、前にも聞いたような……と祥子は心の中で思うが、声にも表情にも出さない。仕事だから。

「それでまあ、このところ、少し疲れてた。暑かったしな。まあ、涼しい会社に朝から晩までいるから、そう大変ではないんだけど。それでも、家でも冷房に当たってるから体調がそう良くなかった」

「確かに、ずっと暑かったですよね」

そこには共感できる。祥子でも。

「いや、うちの冷房はかなりいいやつなのね。あんたの家の六畳《じょう》一間用の格安冷房とは違うから。だから、かなりソフトな風や冷気なんだけど、でも、やっぱりつらかった」

人のことや、人の物をバカにせずに、話ができないのか、この男は。

「でもまあ、そういうわけで最近はちょっとつらかった。忙しさと体調で」

「なるほど」

「でさ」

「はい」

「結婚しない？」

「え」

「俺と」

いきなりだった。

「今、なんか聞こえたんですけど」

「うん」

「なんと言いましたか」

「だから、結婚」

「やっぱり、そうでしたか」

驚く以前に、なんだろう、脱力感の方が先に来た。こういうことを、こういう場所、こういう会話の中で話す彼や、そういう扱いをされる自分に。

「冗談ですよね」

「いや、これが意外と本気」

「意外と、じゃないですよ」

「だって、そうだもん」

「いちおう、理由、聞きましょうか。もう一度確認しますが、私に言っているんですよね？」

思わず、自分の鼻を指さす。

「そう」

「どこでどうなるとそういうとんでもないことが言えるんですか」

「ここんとこ、何回か見合いしたんだけど」

「聞きました」

「え、誰から？」

「亀山から、社長の」

「言うなよなあ、亀も」

少し不満そうな顔をする。さすがに何度も見合いした、というのはばらされたくなかったらしい。

「まあ、いいか。話が早くて。そういうことなんだけど、いい子いなくてねー」

亀山の話と少し違っていた。けれど、ここまでくるとそれもそう気にならない。他に気になることがいろいろありすぎて。

「それでも、田舎《いなか》の親とかぐちゃぐちゃ言うわけ。早く結婚しろ、とか、結婚できないのは何かあるんじゃないか、とか。それで、思い出したのよ、祥子さんのことを。あれ、結構、いけんじゃないかって」

「アレって、私のことですか」

「そう。あ、勘違いしないで」

この人、勘違い、勘違いって何度も言うな、とその時、気がついた。

もしかして、普通の人の考え方とあまりにも違うから、そう言うのが癖になっちゃってるんじゃないか。「勘違い」しているのは、彼の方だけど、それがわからない。

彼があまりにも非常識なので、いつも「勘違いしないで」って言ってないと、おかしなことになるくらい。

「俺が提案しているのは、契約結婚的なやつ。祥子さんのことが好きだとかそういうことじゃないから」

「なんとなくわかってます。そこは」

嫌味っぽく言ったつもりだけど、ぜんぜん伝わってないらしい。

「良かった。最近、テレビドラマとかでもあったじゃん。ああいうの。結婚して、一緒に暮らすけど、俺が別の女、若い女とかと付き合うとか、アイドルの追っかけするのは自由。そのかわり、あんたは家事だけしてくれればいいから。ご飯も食べられるし、いい家に住めるし、小遣《こづか》いもやるよ」

「お小遣い……」

思わず、つぶやいてしまった。あまり怒らないようにしようと思いながら。

「あ、それから、ここが一番いいところ。祥子さんの子供も引き取ってよし。俺の籍に入れてやる。もちろん、大学まで行かせるよ。衣食住、何不自由なく暮らせるようにする。歯列矯正《きょうせい》の金も出す。もっと大きい部屋に引っ越して、祥子さんと子供の部屋もちゃんと作る。そのかわり、老後の面倒は看《み》てもらう」

新藤の表情はいきいきとして、楽しげだった。前回と合わせてこれまでで、彼が一番楽しそうにしているのを見た、と祥子は思った。自分ではよっぽどいい考えだと思っているのかもしれない。

「ディズニーランドとか、USJとか、ハワイとか、家族で行くようなところには連れて行くよ。俺、そういうの、結構、やってみたかったたし。写真に撮って会社のデスクに飾りたいし」

デスクに飾るための家族。

祥子は思わず想像してしまった。祥子、明里、新藤がハワイの海の前で、にかーっと笑って写真に納まっているのを。

「そのかわり、俺が本気で好きな女、結婚したい女とかできたら、すぐに出て行くこと。もちろん、慰謝料とかは最初に決めておく。ちゃんと払う。二人が二、三年暮らせるくらいには。一千万くらいかな。俺の身の回りの世話をして、家族の体裁とか飾るだけでそれなら、悪くない条件でしょ」

「本気で言ってるんですか」

「亀山の友達だしね。嘘はつかないよ。ちゃんと契約書も書く」

「もちろん、私も他の人と恋愛していいんですよね？」

「それはダメ」

「どうして」

「どうしてって、男と女は違うだろ。だいたい、祥子さんくらいの人と、恋愛する男いるの？」

妙に素直な瞳でこちらを見るから、怒る気も失《う》せる。

勝手なこと言わないでください、そんなこと、できるわけないじゃないですか、と言おうとして、ふっと黙ってしまう。

ひどい話、ひどい男だと思う。しかし、本当の結婚であっても、この契約よりも良いと言える結婚がどれだけあるだろうか。

「愛」とか「恋」とか、「信頼」だとか「永遠」だとか。そういう言葉でくるんでいるか、いないかだけで。

「ねえ、考えてみて。オーケーしてくれたら、ちゃんと書類作る。弁護士に正式なやつ作らせる。そういうの、手を抜かないから、俺」

「……もちろん、私たちの間に、男女の関係とかないんですよね」

「ああ、それは、俺の方が、気が向いたら」

「こっちは絶対、向きません」

「じゃあ、なしでもいいや」

「お断りします」と言おうとして口を開きかけたところで、新藤が叫んだ。

「俺だって、一つ、いや、二つくらい良いところがある！」

「なんですか」

「俺は女子供に暴力は振るわない！　あと、定職についてる！　あと、嘘はつかない！　三つだ！」

妙に納得できる理由ではあった。

――あの時、一瞬でもその可能性について考えてしまった自分が恨《うら》めしい。

祥子がはあっと息を吐《は》くと、それは甘い、脂臭いため息となった。

――お金と住む場所を提供されるって、どうしたって魅力的だし、ましてや娘を大学まで行かせてくれるとはっきり言われればひかれるのも無理はない。

こんなことを考えてしまうのも、現在の自分と娘の先が見えない将来があるからだ。そんなふうに正当化したくなる。

夫が再婚し、娘に新しい母親ができた頃から、なかなか会うことがかなわなくなって半年。先々週、改めて抗議をしてみた。元夫に長文のメールを書いたのだ。あまり波風を立てないように生きている祥子としてはめずらしいことだった。まあ、離婚という、大きい波風を立てているのだから偉そうなことは言えなかったが。

三日ほどかけて文面を練りに練り、気を遣いに遣って「娘に会いたい、自分にもその権利はあるんじゃないか」ということを書いたつもりだった。もちろん、後者はかなり遠回しに言った。

しかし、元夫からは簡単に「今はまだ待ってくれ」という返事が来ただけだった。

――いいんですよ、ダメならダメで。でも、もう少し言いようがあるんじゃないですか。私のメールに対して、どう思っただとか、どうして会わせられないのか、だとか、そのわけを少しでも添えてくれればいいのに。

もちろん、祥子はメールに「何か理由があるのなら教えていただければ嬉しい。自分に非があるのなら直します」というようなことも書いていたのだったが。

しかし、それに対してもなんの言及もない。

——まあ、昔からそういうところはさっぱりした、というか、そっけない人ではあったし、男の人というものは皆、そうかもしれないが。

あそこまで丁寧で長いメールを書いてしまうと、なんだか、また同じようなメールは出しにくい。

そうなってくると、前に亀山や友人の幸江に言われたように、「法的手段も辞さない」ということを言ったり、行動したりするしかないのだろうか。

——いや、それはやっぱり、現在、大切な娘を育ててくれている人相手にはできるだけ避けたい。その権利があるとかではなく、今後の関係のためというだけでもなく、そういう人になんらかの圧力をかけたくない、というのは当然の気持ちなのではないだろうか。

八方ふさがりとなっている時に、新藤からの突然の求婚である。このタイミングのせいで、魔が差した。一瞬、弱気になったのは確かだ。

しかし、考えてみれば経済的な安定を与えてくれるが、家族としてつながりを持てない男、ということなら、別れた夫だってそうだったわけで、それならば、離婚する必要もなかったのだ。

――シンプルに考えればすぐにわかったことなのに。私は何を迷ったのだろう。

そして、心の奥底に、新藤のような相手、表面的には、年収二千万以上（彼によるとそろそろ三千万に手が届くそうだ）、超高級タワーマンションに住み、最近頭髪はめっきり寂しくなりつつある（実際、祥子もそれを確認した）といえども、そんなエリートと結婚できるのだ、ということを元夫たちに見せたいという気持ちがなかったとは言い難《がた》い。もちろん、元夫たちのなかには、顔も見たことがない新妻も大きなウエイトで含まれる。

祥子はもう一度、脂臭いため息をついた。

本当は、彼のプロポーズには続きがあるのだった。

昨夜、彼は、祥子が口ごもっているのを見ると、急にそれを撤回したのだ。

「なーんてね。あ、本気にした？　祥子さん？　本気にしちゃった？　俺がそんなことするわけないじゃん。たとえ、契約結婚でも、三十過ぎでバツイチの、ろくに職歴も学歴もない相手にプロポーズなんて本気でするわけないでしょ。あー、悪い悪い、冗談を本気にするなんて思わなかったから」

ふいにはしごを外されて、まだ何も答えていない段階ではあったけれど、祥子は何かやっぱり一抹《いちまつ》の恥ずかしさとしか言いようのない気持ちを覚えて、黙ってしまった。すると、彼はさっと立ち上がり、自分の寝室に「ばたん」と大きな音を立てて入った。

その後、祥子が何度ドアを叩《たた》いても、そこから出てくることはなく、朝十時過ぎ、やっとLINEで「帰りたければ帰れば」という一言を送ってきた。

仕方なく、祥子は買い置きしてあった食パンを焼き、冷蔵庫にあった玉子をゆでて、コーヒーメーカーをセットして帰った。もちろん、朝食を作ることで彼に媚《こび》を売ったわけではない。けれど、そう勘違いされることもある程度予想の上だ。彼が起きて部屋から出てきた時に何もない部屋を見て落ち込むのではないかと思った。一応、見守り屋といえども女が部屋に来ていたのに、なんの変化もない状態だったら少しさびしいのではないかと。

——本当は朝食なんて作る必要はなかったのだ。別に。

だけれども、「冗談、冗談」と笑っていた新藤の目の中には、やはり「傷ついている」としか説明のできない、色が見えた気がしていた。

——彼はあの朝食を食べたのだろうか。怒ってゴミ箱に叩き込んだのだろうか。まあ、それでもいい。彼の気が済むなら。

そこまで気を遣う必要はないと言う人もいるだろう。媚だと言う人も。

最後の一口を、祥子はご飯、玉子、角煮かつの三種類が少しずつ口に入る配分で食べ、やはり最後の一口になったワインで流し込んだ。

強くなりたい、と思った。

そこに、亀山から一通のメールが届いた。

『大丈夫？　何かあったか？　新藤から、いろいろ申し訳ない、祥子さんに謝っておいてほしい、朝食ありがとうっていう連絡が来たよ。あいつが謝るなんて、めずらしいからびっくりした。もしかして、あいつ、とんでもないことをしたんじゃないだろうな』

新藤がしたのは、ある意味かなり「とんでもないこと」だと思ったけれど、亀山が心配しているようなことではないし、彼を安心させたくてすぐに返事を書いた。

『大丈夫です。ありがとう。本当に私は大丈夫。もし少し傷ついているとしたら、それは私の弱さが招いたこと』

しばらく考えて、最後の一文は削除して返信した。

朝食は「女の弱さ」と言われても仕方ない。でも、祥子はこれもまた「仕事」だと言い返したかった。

——少なくとも、自分が仕事をするなら、人を傷つけた状態で放置したくない。

勘定を払って店を出た。

新藤には何か伝わったと信じたい、と思いながら。

第三酒　日暮里　スパゲッティーグラタン

そこは、短いエスカレーターの先にあった。

上がったところが踊り場になっており、左側が店のドアになっていた。

足を踏み入れるなり、華やかなエンジに金糸の模様の入った、いかにも一昔前の喫茶店らしい、ベルベットの椅子《いす》が目に留まった。広々とした店内は百ほどの席がある。

さすがに朝七時では、客はまばらだ。

——ちょうどいい、気分転換にコーヒーでも飲んで帰ろう。

そう、その時はまだ食事をする気はほぼなかったのだ。よくても、モーニングセットくらい。家にまっすぐ帰る気になれず、駅前でその店の目立つ看板が目に入って、ふっと

「これはいったいどういう店なんだろう？　談話……？　お客さんが皆談笑でもしているのか……？」とついエスカレーターに乗ってしまった。

祥子は少し硬い、背もたれが直角の椅子の上で、モーニングのメニューをじっと見た。

コーヒーをはじめとしたさまざまな飲み物（その中にはオレンジジュースやメロンソーダも含まれる）に厚切りトースト、サラダ、ゆで玉子のセットはなかなか魅力的だった。

ウエイトレスの女性は、モーニングだけでなく、通常のメニューも一緒に持ってきてくれた。

「今の時間でも、こちらのメニューから注文できるんですか？」

一応、通常メニューを指さして尋ねてみる。

「はい、大丈夫です」

愛想よくもなく、かといって取り立てて悪くもなく、ほどよい無表情でうなずいてくれた。

──これくらいがちょうどいいな。朝から、意識高い系の笑顔ばりばりで来られても疲れるし。別に愛想がいい接客を全国民が求めているわけでもないんだよ。

祥子は某コーヒーチェーンの接客を思い出してうなずく。

メニューをのぞくと、スパゲッティーやハンバーグなどのさまざまな洋食に、たくさんのアルコール類が記されている。ビールはもちろんのこと、ハイボール、ウーロンハイ、焼酎《しょうちゅう》の炭酸割り、冷酒からワインまで。

──これ、モーニングに付けたら、いきなり朝から飲めるなあ。

急に気分が「酒」になってきた。

モーニングには、焼きサンドイッチという名の具だくさんのホットサンドやら、目玉焼きとソーセージのセットなどもあるのだ。

――まんま、酒のつまみになる。

しかし、そう考え始めると、モーニング以上に、通常の洋食が気になってくる。ポークジンジャーとエビフライのセットやら、ステーキとハンバーグやら、ナポリタンと和風スパゲッティーやら、ドライカレーやら、どれもがっつりとおいしそうなメニューが並んでいる。

ドライカレーには目玉焼きと大きな粗挽《あらび》きソーセージが載っている。

――このドライカレーひかれるわあ。めちゃめちゃビールとか合いそうだわあ。

しかし、祥子の目をしっかりと奪って離さないものが、もう一つ、その下にあった。

エビ・イカ・ホタテ&ブロッコリーのスパゲッティーグラタン。

――スパゲッティーグラタン、食べたことない。でも、なんだろう。絶対おいしい気がする。

ああ、ドライカレーにするか、スパゲッティーグラタンにするか、はたまた、モーニングで飲むか。

ちょうどその時にウエイトレスさんがやってきた。昭和の匂いのする、かわいいエプロンの制服である。

「スパゲッティーグラタンと生搾りレモンハイ、ください」

「はい」

特に驚かれることもなく、うなずいた。

朝から飲む客はめずらしくないのかもしれない。土地柄と、階下がパチンコ屋という立地を考えると。

彼女が下がったあと、やっと、落ち着いてあたりを見回す余裕ができた。

朝の喫茶店の定番の新聞を読むおじさん、重箱に入った朝弁当を食べる中年女性、瓶コーラとチョコレートパフェを注文し、それらを高そうなカメラで念入りに写真に撮っている若い男子……。

――ああいう写真は、ブログやSNSに載せたりするのだろうか。バックの赤い椅子にパフェが映えそうだ。客が少ない、と思ったけど、逆に考えると、朝七時にしては結構いる。

席は三分の一ほど埋まっている。

店のほとんどは喫煙席であるが、タバコを吸う客はあまりいないので、今はその臭いはしない。

――この店もまた、そのうち東京都の条例とやらで全部禁煙になってしまうのだろうか。

まず、レモンハイが運ばれてきた。

——レモンハイって、ようはレモンサワーってことだろう。

大きなジョッキにつがれたそれに口を付ける。

きつめの酸味の利《き》いた、懐かしい味。

——早朝はこれくらいがいい。すっきりする。朝七時のアルコールに正解があるとすれば。

お待ちかねの、スパゲッティーグラタンがやってきた。

白い耐熱皿の下に同じ白い皿、間に白いレースペーパーが敷かれている。耐熱皿の上ではまだホワイトソースがぐつぐつ波打っていた。ブロッコリーの緑とエビの薄オレンジ以外は、見事なくらいの白の競演。

添えられたフォークを取り上げ、まずはホワイトソースの端っこをすくってなめてみる。

——なんだろう、いい感じに、ミルクミルクしたホワイトソースだ。バターというより「乳」のにおいが強い。

ぐっとフォークを差し込んで、スパゲッティーをすくい上げる。意外に細めの麵《めん》。一・三ミリというところだろうか。柔らかめであることは、口に入れなくてもわかる。

──これ、パスタじゃないよなあ、スパゲティでもなくて、やっぱり、スパゲッティーという感じ。

スパゲッティーグラタンの食べ方として正しいのかはわからないが、とりあえずフォークで巻いてみた。おそるおそる口に運ぶ。

「あぢっ」

思わず、声が出てしまうほどの温度だった。しかも、舌の上にのせてもその温度がまったく変わらない。慌《あわ》てて、口の中をやけどしないように細かく移動させながら味わう。

──おいしい。あぢ、あぢ……柔らかめの麺がこのミルクっぽいホワイトソースによく合う感じ。でも、あぢあぢ……焼けたチーズとパン粉の風味がいい。

やっと飲み込んだところを、レモンハイで冷やす。

──おいしいなあ。ドリアとも、クリームタイプのパスタとも違う味わい。マカロニグラタンでもないんだよな。マカロニグラタンのマカロニはグラタンの具の一つな感じ。でも、これはやっぱり、スパゲッティーならではのおいしさだ。

すごくいいものを発見してしまった気がして、嬉しくなる。

祥子は昔、クリームソースのパスタを注文して、食べているうちにそのしつこさに気持ちが悪くなり、残してしまったことがある。しかし、このスパゲッティーグラタンは、そういう感じがまったくしなかった。生搾りレモンハイを頼んだのは、なんとなくだったが、これもまた相性が良い。

――ミルク感がいいんだな。程よい感じ。

店の構えや店名、立地からは想像できないくらい、程よさにあふれた店だった。

手紙を書いたらどうでしょうか。

そうアドバイスをしてくれたのは、時々見守りの仕事を依頼される、編集者の小山内《おさない》学《まなぶ》だった。

月刊誌の編集長である小山内は独身で、以前は母親の元子《もとこ》と同居していた。その頃、元子は軽いアルツハイマーで、小山内の雑誌の校了時期だけ、夜の見守りをしていた。彼女は小山内のマンションで大量の蘭《らん》の花を育てていた。近所の飲食店の開店時などに、祝いのため贈られた蘭の鉢植えがゴミになっているのを拾っているうちに集まってしまったらしい。

その部屋で、祥子と元子は深夜いろいろな話をした。祥子が元夫の愚痴《ぐち》を吐《は》き出すこともあれば、元子が小山内の子供の頃のことを語ることもあった。

現在、元子は元箱根《もとはこね》の、温泉施設と老人病院、老人ホームが併設されている施設に入っている。

半年前に肺炎で入院してから、認知症も進み体も弱ってしまった。そのためにホームに入っているので、もう「見守り」は必要ないはずなのだけど、今でも時々、祥子に声をかけてくれる。

「母は、祥子さんとはやっぱり深夜に会うのがいいみたいです」

小山内はそう言う。祥子は夕方からホームに行って、朝帰ってくる。

ホームに夜間の面会時間はないけれど、届けを出せば家族や友人が同じ部屋に泊まることができる。その制度を使って「見守り」することになった。

見守りの料金と元箱根までの交通費、そして本来なら「出張費」がかかるのだが、祥子は亀山にも話して、それだけは断っている。

「温泉に入るのが、私も楽しみなんです」

その施設は二十四時間、温泉に入り放題で、家族や面会人も利用が可能だった。祥子は仕事の終わった明け方、その広い広い温泉に一人で入ることができる。

「命の洗濯と言いたくなるほど気持ちがいいんです。だから、出張費は結構です。私にとってはほとんど旅行のようなものですから」

そう言うと、小山内は静かに頭を下げて、感謝を示した。それから、一ヶ月に一回ほど、出向いている。

元子の施設から帰ると、祥子は小山内に報告の電話を入れることにしていた。

「昨日は、祥子さんでしょう、とすぐに私だとわかってくださって、いろいろ話をしました」だの、「うとうとしていらっしゃったので、本の読み聞かせを少しだけしました」だのと話す。

その過程で、「お嬢さんはお元気ですか」と尋ねられたので、つい、娘とは最近疎遠になっているという話をしてしまったのだった。

状況を聞いて、彼がしてくれたのが先ほどのアドバイスだった。

「手紙？」

「ええ。メールやＬＩＮＥではなくて、紙に書いた手紙です」

「それは、夫に？　それとも娘に？」

ちょっと意外なアドバイスだったので、思わず、夫に「元」を付けるのを忘れていた。

「どちらにも。旦那さんへの手紙の中に、娘さん宛のも入れたらどうですか。ちゃんときっちり封をして」

娘には何度か手紙を書いたことはある。けれど、元夫にはなかった。

「旦那じゃありません。元旦那です」

自分が間違えたくせに、そう訂正せずにいられなかった。

「失礼しました」

「いえいえ。でも、手紙って重くないですかね。それに、今は書いても彼女の手元にちゃんと渡らないんじゃないかと思って」

「確かに紙に書いたもの、というのは、それなりの力があるのです。捨てるのは勇気がいるし、無視もむずかしい。それだけに時間がかかっても必ず届きます。ましてや肉親なら。もしも、彼らが明里ちゃんに渡すことを拒否するなら、それはまた、別の問題です」

「別の問題とは？」

「彼らが祥子さんの大切な手紙を娘に渡さなかったり、勝手に開封したりしたら、それはあなたと明里ちゃんに対する権利の侵害です。そうなれば、お友達の言うように法的手段が必要かもしれません。でも、私は今の時点では、そこまでは必要がないんじゃないかと思います」

なるほど、と思った。弁護士に相談するのは手紙を書いてからでも遅くはない。

そして、言われた通りに手紙を書いたところ、本当に成果があった。

元夫には、娘に会いたいと短いけれど率直な気持ちを綴《つづ》った。明里には、今現在の自分の様子を書いた。元夫や彼の新しい妻に対する不満などは一言も記さなかった。

一週間ほどして、メールで返事がきた。次にお互い予定の合う週末に会ってもよい、という返事だった。すぐ翌週の土曜日に会うことになった。

待ち合わせの場所に、明里は父親の義徳に連れられてやってきた。祥子と明里はアニメ映画を観に行き、そのあと、祥子の家でご飯を食べた。体が一回り大きくなったのと、どこかで「ようするに」という言葉を覚えたらしく、彼女が「ようするに、ママはご飯が食べたいのよ」だとか、「ようするに、珠夜《たまよ》ちゃんと明里が遊んだの」とか言うたびに笑いたくなる他は、大きな変化はなく、祥子は胸をなで下ろした。

帰りは、義徳が自家用車で迎えに来た。

義徳が自宅を出る前にメールで連絡をくれ、祥子は娘の手を引いて、マンションの下まで見送りに出た。

白い国産車が目の前で止まって、義徳が降りてきた。祥子は彼に軽く会釈《えしやく》をし、娘に向かって「じゃあね」と言い掛けた。

車の助手席から髪の長い、若い女が降りてきて、祥子に会釈をした。

誰に紹介されなくてもわかった。それは、義徳の新しい妻で、明里のもう一人の母、美《み》奈穂《なほ》だった。

「はじめまして」

彼女は朗《ほが》らかに言った。

「……はじめまして。いつも明里がお世話になっています」

祥子も小さく会釈した。それ以上、なんと言っていいのかわからなかった。

「じゃあ、明里ちゃん、またね」

エントランスに入ろうとした祥子に、美奈穂が声をかけてきた。

「少しお話しできません？」

「え？」

祥子が驚いて振り返ったのと、義徳が声を出したのとほぼ同時だった。だから、この行動は事前に二人で計画したものではないのだろう。

「え」

「どこかで少しお話しできませんか？　三十分くらいでいいので」

祥子は素早く、明里の顔を見た。少し緊張しているように見えた。それは、決して、今の状況を完全に理解しているからではなくて、祥子や義徳の驚きに反応しているからのようだった。

「わかりました」

明里のそんな顔を見たくなくて、祥子はすぐにうなずいた。正直、彼女と話したくはなかったが、今の状況を変えたかった。

「いや、明里も明日、早いし。ほら、友達の家に行くだろ」

「だから、私と祥子さんだけで。あなたたちは先に帰って寝てくれてていいから」

「私はかまいません」

もう一度、祥子は急いで言った。自宅の前で押し問答したくない。

「その先に、ファミレスがあります。十時過ぎまでやっているはずです」

「じゃあ、そこにしましょう」

そして、義徳、彼女の夫に向かって、「話が終わったら連絡する」と言った。


「はじめまして」

ファミレスの席に向かい合って座ると、美奈穂はもう一度、そう言って笑った。

それで、気がついた。ああ、それだ。はじめまして、だと。

はじめまして、と言う女が(男も)祥子は苦手だった。

北海道の田舎《いなか》では、そんなふうに「はじめまして」なんて言う人間はいない。ほとんどが子供の頃から知り合いだ。

だから、祥子は今でも「はじめまして」がテレビやドラマの中の言葉、というか、教科書的な挨拶文《あいさつ》のように思えて、今一つなじめない。向こうから言われれば返したり、仕事柄、自分も使うことがまったくないわけではないが。

はじめまして、と言われると、気取ってるなあ、と無意識のうちに感じてしまう。勝手な思いこみかもしれない。

「いつも、明里がお世話になっています」

だから、もう一度同じ言葉を言ってしまった。

確信があったわけではないが、彼女と義徳の間には、祥子とまだ結婚している間からなんらかの関係があったのではないか、と疑っていた。けれど、今の祥子にはそれはそう大きな問題ではない。祥子と義徳の離婚には、やはり二人だけの理由があって、美奈穂とのことはあくまでも二次的なものだと考えているからだ。

とはいえ、わだかまりがまったくないわけではない。

「いいえ。明里ちゃん、しっかりしているから、私の方がお世話になっているくらい。お手伝いもよくしてくれるんですよ」

二人が別れた時、明里はまだほんの小さな子供だった。お手伝いなんてしてくれたこともなかった。

初めてのお手伝いをする明里に会いたかったな、と思った。

「宿題も自分からやるし、夜八時になれば自分でテレビを消してお風呂に入って寝るし。本当にいい子でありがたいです」

「……そうですか」

一つ一つの言葉は、褒《ほ》められる喜びとともに、どこか、祥子の胸に刺さる。どれも祥子の知らない明里だった。それに、そんなに自宅で気を遣《つか》っているのか、とつい心配になってしまう。

「それから前に、明里ちゃんにお弁当を作って持ってきてくださったこと、ありましたよね」

「あ、すみません」

唐揚げを作って持っていった時のことを言っているのだろう。明里が幼稚園児だった頃、よくお弁当に入れていたのと同じ作り方だった。それは大手メーカーのから揚げ粉で作ったものだ。食が細かった彼女は、それが好きだった。

「あれ、すごく喜んでました。おいしい、おいしいって全部食べて」

その感想を聞く時がなかなかなかったのだった。

「ありがとうございます。ほっとしました」

「……あの、ただ、実は」

急に、美奈穂が顔を曇《くも》らせた。

「しばらく、祥子さんに会っていただかなかったのは、ちょっと理由があって」

「あ、そうなんですか」

思わず、身を乗り出した。

「私と義徳さんが結婚して、祥子さんと明里ちゃんが初めて面会したあとのことなんですけど、しばらく……」

美奈穂はそこで注文していたアイスコーヒーを一口飲んだ。

祥子はじっと待つ。

「それからしばらく、明里ちゃんの様子が変で」

「変？　変、ですか」

「ええ。何かあったんじゃないかと、私も義徳さんも心配になってしまいました」

「変、というのはどういう感じだったんですか？」

いろいろ言いたいことはあるが、まずはそれを聞かないと何も答えられない。

「なんというか、ちょっとおとなしいと言いますか、ふさぎ込んでいると言いますか、ご飯もあまり食べなくなって」

「そんな」

「それで、義徳さんがどうしたのか聞いたんですけど、なんでもないと言うばかりで……それどころか、ちょっと反抗的になるというか、『なんでもないよっ』なんて口ごたえまでしたりして。普段は本当にいい子なのに」

「そうだったんですか」

「で、少しの間、明里ちゃんと祥子さんとの面会はお休みしたらどうかということになりまして」

そういうことなら仕方ないのだが、それを一言教えてくれたらいいのに、と祥子は思う。けれど、それは喉元《のどもと》、いや、舌先まで出掛かっても言い出せない。

「私にはまったく心当たりがないのですが……」

あの日も普通に、家に来てご飯を食べて、最寄り駅まで送っていった。

「そうですか。祥子さんとお会いになった時、ケンカになるとか、厳しく叱責《しっせき》されるとかはなかったですか」

え、と思って、改めて、美奈穂の顔を見る。彼女は、というか、彼女たちは、祥子がそんなことをすると、大切な娘とのわずかな時間にそんなことをすると思っているのだろうか。

「そんなことはしたことありません。もちろん、怒ったことがないわけじゃないけど、明里がそのあと引きずるほどに怒るようなことは絶対ありません。もちろん、その時も」

めずらしく、声が震えてしまった。

「娘と会えるわずかな時間ですから、よい時間を過ごしたいんです。時には少し甘やかしてしまっているかな、と反省するくらいです」

「もちろん、そうですよね、私たちもそんなわけはないと思っていました」

祥子の剣幕に気がついたのか、美奈穂が慌てて取りなすように言った。

「じゃあ、あれかな、優しいお母さんのところから、時には厳しいことも言われる家族のところに帰ってきたから、嫌になっちゃったのかなあ」

美奈穂が取り繕《つくろ》うようにつぶやいたのがまた気に入らない。まるで祥子が必要以上に甘やかしているようじゃないか。しかも、それを自分で認めたあとなので否定もできない。

祥子はそこで初めて、氷の溶けたアイスコーヒーを飲んだ。美奈穂も黙ってしまった。

しばらく、苦味の強いコーヒーを飲んでいると、少しずつ気持ちも落ち着いてきた。

考えてみれば、美奈穂は、夫の前妻で娘の実の母親という、一番話しにくく、会いづらい相手と向き合ってくれているのだ。それだけでも有り難いと思わなければならない。明里をかわいがってくれているのは確かなようだし、祥子自身も一言一言に過敏に反応し過ぎなのかもしれない。

「……私は気がつかなかったけど、もしかしたら、何か明里をふさぎ込ませるような原因があったのかもしれません。もし、そうだったら、ごめんなさい」

「いいえ、こちらこそ、変なことを言ってしまって、すみませんでした。きっと明里ちゃんも、お母さんに会って、里心がついたというか、寂しくなってしまったのかもしれないですよね。それが自然なのかもしれません」

そう言ってもらえれば、悪い気はしなかった。

お互いに、少しわかり合えたような気がして、やっと目を合わせて微笑《ほほえ》むことができた。

「あの、よかったら、メールかＬＩＮＥの交換をしませんか」

「え」

「そうしたら、明里ちゃんと会ったあととかも、何かあったら、私から連絡することもできますし」

「あ、そうですね。ありがとうございます」

「義徳さん経由だと、いろいろもどかしいこともありますしね」

そこでほんの少しだけれど、祥子と美奈穂は声を合わせて笑ってしまった。

喫茶店で朝酒をする前、見守りをしたのは中学一年生の女の子だった。

「今日は来ていただいて、ありがとうございます」

日暮里《にっぽり》駅から徒歩数分のタワーマンションの一室で、祥子と向き合った山口黒江《やまぐちくろえ》は丁寧に手を前に揃《そろ》えて、隙《すき》のない挨拶をした。

「いえ、こちらこそ」

「母にはこんなことで人のお手を煩《わずら》わす必要はない、と言ったのですけど」

家に行ったのは夜の十時で、すでに彼女の母親はいなかった。そんな時間なのに、彼女は学校の制服らしい、白いセーラー服を着ていた。きっと有名な私立中学の制服なのだろう。清楚《せいそ》、という言葉をそのまま表したような服で、細身で髪の長い彼女によく似合っていた。

「普段はお手伝いの人が来てくれるんです。でも、彼女、この週末は法事で田舎に帰ってしまって」

「そうですか」

「母が私を一人にしたくないと、どうしても聞き入れてくれませんでしたので」

「お母さんというものはそういうものかもしれません」

「はい」

素直に認めて、彼女はにこにこと笑った。

はきはきして、言葉遣いも丁寧《ていねい》だった。だけど、どこか、人を寄せ付けないものがあって、祥子はずっと年下のこの少女を前に、少し緊張している自分に気がついていた。

今回の仕事について、祥子はほとんどなんの情報ももらっていない。ただ、親が仕事で不在の間、女子中学生を見守れ、という指令だけを受けていた。

「どういうご家庭なの？　両親どちらも出かけているの？　どういうお仕事なの？」

「それがまったくわからないんだ。とにかく、中学生が一人になってしまうから見守ってほしい、と言うだけで。ご両親二人ともご不在になってしまうのですか？　って聞いたら、母子家庭なんです、ってそれだけは教えてくれた。でも、他は、とにかく手の掛からないいい子ですから大丈夫です、って言うだけなんだ」

「わかった。まあ、なんとかなるでしょ」

そうして規定通り十時に訪ねると、本当に娘の黒江だけがいた。彼女は祥子にスリッパをきちんと揃えて出すと、リビングルームに案内した。

「黒江さん、とおっしゃるんですか」

「ええ、おかしな名前ですよね。でも、発音がちょっと違うんです。クロエです」

「くろえ」

祥子はあやふやにくり返した。黒江の発音と自分の発音は耳で聞くだけだと、そう大きな違いは感じられない。

「そうです。クロエです。ほら、化粧品や服飾品のブランドのクロエ、海外ドラマ『24』に出てくる、クロエです」

「ああ、クロエ！」

祥子は思わず、大きな声を出してしまった。

「そう、あのクロエです。私を産んだ頃、アメリカではクロエって名前が一番人気だったんですって。それを母がどこかで聞きかじったらしくて、黒江と。いっそのこと、カタカナでクロエにしてくれれば良かったのに。漢字だと変な感じでしょう」

彼女は軽く眉をひそめた。けれど、そういうことも含めて説明し慣れている感じだった。

「いいえ、私が驚いたのは、実は、私の娘が明里というの。漢字は明るいに里と書くのだけど、読みは『あか』でしょう。だから、赤と黒だなと思って」

「スタンダール」

フランスの小説家、スタンダールの代表作『赤と黒』のことか。難しい本を読んでいる。

「ええ」

「それは、仲良くなれそう」

彼女はさらににこにこと笑顔を大きくした。けれど、祥子の方はまた、その如才《じょさい》なさに、落ち着かない気持ちになった。

「本はよく読まれるのですか」

「そうでもないですけど、まあまあ。でも、クラスには私なんかよりずっとたくさん読む子もいます」

「名前の発音を気にするところ、『赤毛のアン』みたいだな、と思って」

「終わりにeのついたアン」

「そうそう」

また、笑い合う。けれど、結果は同じだ。どこか、なじまない。

「クロエさん、よろしければ、お休みください。何かしてほしいことがあればしますけど、特になければ私のことはお気遣いなく」

「大丈夫です」

その大丈夫が、どういう大丈夫なのかはよくわからなかった。寝なくて大丈夫、なのか、気なんて遣ってないから大丈夫、なのか、してもらいたいことはない、の大丈夫なのか。

「失礼ですが、制服だけでも着替えたらいかがですか？　部屋着の方がくつろげるでしょう」

「ああ」

彼女はその時、初めて気がついた、とでも言うように、自分の服を見下ろした。

「いいんです。私はいつも知らない人に会う時は制服なので」

「そうですか」

それは、「知らない人」には気を許さない、ということの表れだろうか。

「でも、そういうことであれば、私は自室に行かせてもらいます」

「私はこちらにいて、いいですか」

「はい。もちろんです」

クロエは立ち上がると、かわいらしく、体半分を横に傾けるように会釈し、「ごゆっくり」と言った。そして、リビングから出ていった。

なんて、できた子供だろう、と祥子は思わず小さくため息をついた。中一と言えば、まだ十三歳だ、小学生とほとんど変わらないはずなのに。

そのまま、クロエは自分の部屋から出てこず、祥子はリビングのソファに座ったまま、一夜を過ごした。

よくわからない一夜だった。

新築ではないが、そこそこ立派なタワーマンションで、娘の一夜の相手に見守り屋を頼むことができて、その娘はそんなことは必要ないくらい、しっかりしたいい子で。

いったい、クロエの母親は何者だろう。家政婦やこの部屋から察することができる財力や夜、家を空《あ》けることに娘が慣れている感じから、たぶん、水商売かそれに付随する職業である可能性は高かった。しかし、銀座《ぎんざ》やら新宿《しんじゆく》、赤坂《あかさか》、どの繁華街も、ここから遠くはないが近くもない。もっと繁華街に近くて安い物件が見つかる地域はいくらでもありそうなのに。

そして、娘の、あの物慣れているけれど、決して、必要以上の情報は漏《も》らさない感じ。

祥子は、クロエにどこか危うさを感じた。あまりにもしっかりした子はどこかもろい。いつかぽきんと折れてしまうのではないか。

バッグの中に介護資格を取るために勉強しているテキストを持ってきてはいたけれど、それを出す暇もないくらい、不思議と次々に考え事が浮かんでしまって目がさえる夜だった。

それはクロエが娘の明里と同じ女の子だからかもしれない。まだまだ先だと思っていてもすぐに中学生になるだろう。明里はどんな中学生になるのか。

明け方、祥子がトイレに立つと、廊下にクロエが座ったまま寝ていた。数時間前に、やっぱりトイレに行った時にはいなかったはずだから、ここ二時間くらいの間に起きてきたのだろうか。寝ぼけていたのだろうか。

やっと私服が見られた。なんの模様もイラストも入っていない、ピンク色のスウェットの上下を着ている。しかし、それもまた、「この年頃の娘ならこういうのを着るでしょ」と言いたげな服装だった。

クロエの肩をそっと揺すった。

「おはよう」

彼女はぼんやりした顔で祥子をじっと見て、「おはようございます」と言った。

「大丈夫ですか？　どうしてこんなところに」

「あ、ちょっと」

急に起こされたからか、昨夜の如才《じょさい》なさは消えていた。

「もう少し寝ますか？　朝ご飯を食べますか？　作りましょうか？　私に台所を使わせてくれたら、だけど」

クロエは驚いたように、しばらく祥子の顔を見ていた。そして、こっくりとうなずいた。

朝ご飯を作ろうか、ととっさに言ったのは、少し前に見守りの仕事をした、秋葉原の新藤の記憶があったからだった。その後、彼からは社長の亀山を通して言付けがあった。

「いろいろ申し訳ない、そして、朝食、ありがとう」と。

クロエの許可を得て、祥子は冷蔵庫を開けた。食材は、そうたくさんは入ってなかったけれど、卵ケースには卵が、扉のポケットには牛乳があり、冷凍庫には一枚ずつ小分けに冷凍された食パンもあった。

卵にわずかな牛乳とコンソメを加えて簡単なオムレツを作り、食パンをトースターで焼いた。牛乳と棚にあったティーバッグでロイヤルミルクティーを淹《い》れて出した。

「……料理、上手なんですね」

なぜか、昨夜より元気のない様子のクロエが言った。

「こんなの料理に入らない」

「でも、このオムレツ、ホテルで食べたのと同じくらいおいしい」

「おいしいのは牛乳を入れたことで卵がふわふわになって、それをたっぷりのバターで焼いているから。ほとんど乳製品の力」

「……今度、うちのママに、この作り方教えてあげて」

彼女が個人的なことを言ったのは、この一言だけだった。でも、自分を受け入れてくれたみたいで嬉しかった。

「いいですよ」

祥子が帰る時、クロエはスウェットのままで玄関まで見送りにきた。

「昨日、寝なかったね」

祥子が靴を履《は》いていると、そう彼女の声がした。

「ん？」

振り返ると、彼女は壁に寄りかかっていた。

「私、時々、リビングをのぞいてたんだ。だけど、寝てなかった」

「そういう仕事だから」

「寝てたら、言いつけてやろうと思ってたのに」

その時、彼女に浮かんだ笑みは、どこかいじわるげだったけど、祥子はやっと人間らしい顔を見た、と思った。

「言いつけるって、お母さんに？　うちの社長に？」

彼女は首を傾《かし》げた。自分でも何も考えてなかったのだろう。

「そんなことしてるから、寝不足になるのよ」

祥子は彼女の髪をくちゃくちゃっとなでてやりたかったけど、我慢した。まだ、そこまでの関係ではないし、そういうことはいやがる年頃だろうから。


――いや、最後までよくわからない一夜だったな。

しかし、今日はそれも込みでの仕事のような気がした。

――また、呼んでもらえれば、もっとわかり合えるかもしれないし。こちらが急いでも、ああいう子は無駄だろう。

よくわからないと言えば、義徳の新しい妻、美奈穂からメールの返信が来ないのだった。

あの翌日、祥子は慎重に考えに考えて、お礼のメールを書いた。

「昨夜はありがとうございました。美奈穂さんから声をかけてくださったおかげで、お話しすることができて、本当に良かったです。明里の家での様子も教えてくださり、ありがとうございました。少し、ほっとしました。また、何かありましたら、連絡ください。そして、私の方に至らないことがあれば、遠慮なく教えてください」

美奈穂は最後に、「また、会いましょう、次はご飯でも食べましょう」と言っていた。

けれど、あれは、社交辞令かもしれない。本当に「ご飯行きませんか」などと書いたら、空気の読めない女だな、と思われて舌打ちされるかもしれない。

今回のメールではとりあえず、様子を見よう、とそのあとは〆《しめ》の挨拶《あいさつ》だけで終えた。

しかし、様子を見るどころか、あれから一週間ほど経《た》つが、美奈穂からはなんの返信もなければ反応も返ってこないのだった。

――会った時にはとても感じが良かったのに、なんの返事もないと、逆に気になるものだ。

そのことをいつも考えているわけではないが、時々、ふっと「返事来ないな、何か気に障《さわ》るようなことを書いてしまったのかな」と思ってしまう。

――それとも、もっとくだけた感じで、「次、いつ会えますか」とか書いた方が良かったのかもしれない。私がよそよそしすぎて、向こうの気を悪くしたのかも。ちょっとした言葉で誤解されたのかもしれないし。それとも、義徳から注意されたりしたのかも。私と付き合うなんて考えられない、とか。

しばらく、つらつら考えて、結局、最後はこう思う。いくら、こちらで悩んでも仕方ない。人の気持ちはコントロールできないのだから。ましてや、元夫の今の妻の場合は。

――とにかく、今はよくわからないということにしておこう。

美奈穂のことも、クロエのことも。

まあ、そういう朝があってもいいだろう、と祥子は、氷が溶けてもうレモンの味がしないただの水になっているレモンハイを飲んだ。

クロエに会ったことで、明里に会いたい気持ちが募った。

フランスに住む、田端時江とはあれから時々、スカイプで話している。

住んでいる国も家庭事情も違う人と話せるのは、アドバイスめいたことを言われなくても、自分を客観的に見ることができて、気持ちの整理に役立った。時江はやっぱり、「子供と頻繁《ひんぱん》に会いたい」と主張した方がいい、という意見だった。

近く、そういう時が来るのかもしれない。

胃がきゅっと縮んだような気がした。

第四酒　御殿場　ハンバーグ

平日午前中の特急ロマンスカーは、下りということもあって、人影はまばらだった。

——この電車でいいんだよね。

日頃、深夜から朝にかけての仕事が多い祥子は、あくびをかみ殺しながら、角谷《かどや》が送ってきた切符を財布から取り出して確認した。

新宿駅午前十時四十分発の、特急ふじさん3号の指定席だった。

「十時四十分に新宿から乗ってください。降りる駅は後ほどご連絡します」

切符と一緒に入っていた手紙は手書きで、線の細い、すっきりとした字体だった。

——お祖母ちゃんは、字の薄い男は生命力も薄いと言っていたけど。

切符は終点の御殿場《ごてんば》までになっているが、どこで降りるのかはわからない。お互いに携帯番号は知っているので、その連絡はきっと電話かショートメールで来るのだろう。

角谷とは以前、二度、大阪で会っていた。「中野お助け本舗」社長の亀山の祖父で、大臣経験もある亀山相治郎《そうじろう》の事務所の仕事で、重要な書類を直接手渡すという業務内容だった。彼は、大阪選出の国会議員の秘書だった。

──今度はこんなところで会うなんて、どれだけ用心しているのか。

本厚木《ほんあつぎ》を過ぎた頃、ショートメールが来た。

「御殿場で降りてください」

──御殿場なら最初からそう言ってくれたらいいのに。そしたら、新宿から寝られたのに。

ほんの少し、不満を感じながらも、そのあと、小一時間うとうとした。

数日前、美奈穂にまた、メールを出した。時候の挨拶《あいさつ》と軽い世間話のあと、「明里ともう少し会える機会があるといいのですが……もし、義徳さんと美奈穂さんが二人でお出かけになりたい時とかがあったらご連絡くださいね。シッター役になりますから」と書いた。実の親がシッターというのはおかしな話だが、田端時江の提案だった。

これは効果があったらしく、「ありがとうございます！　何かありましたら、ご連絡しますね」という返事がすぐに来た。

──苦労人らしく、時江さん、やっぱり、頭いいし、機知に富んでる。どんな満点ママだって、時には夫婦で出かけたいものなのね。

そんなことを考えていたら、いい気持ちで眠ることができた。

御殿場駅でホームに降り立ったとたんに、電話が鳴った。まるで、祥子の様子をどこかで見ているかのようなタイミングだった。

「おはようございます」

もう昼過ぎだけどな、と思いながら、祥子も答えた。

「おはようございます」

「駅のロータリーから御殿場プレミアム・アウトレット行きのシャトルバスが出ています。そちらに乗ってください」

「わかりました」

改札を出るとすぐに案内板があって、迷うこともなくバスに乗れた。アウトレットの近くまで来ると、消音モードにしていた電話が振動した。

「ウエストゾーンのグッチの前に、ちょっとした待ち合わせ場所、というか、花壇とベンチがあります。そこに来てください」

「はい」

「グッチはお好きですか」

祥子は少し考えて、声を落として答えた。

「特に考えたことはないです」

彼は低い声で笑って、電話を切った。

アウトレットの中はたくさん案内板があるので、こちらもまた、迷うことなく目的地に着いた。その場所に、角谷はにこやかに立っていた。五ヶ月ぶりであった。スーツの上着を手に持って、ネクタイはしていない。白いワイシャツがまぶしいくらいに光っていた。

「お疲れさまです。こんなところまで、ありがとうございました」

「いえいえ、こちらこそ」

「やっと会えましたね」

その言葉が、東京から来た祥子をねぎらってのものなのか、もっと意味を持ったものなのか、わからなかった。

祥子が亀山から預かった、書類の入った紙袋を渡そうとすると、小さく首を振って受け取らず、「ちょっと歩きましょうか」と言った。

仕方なく祥子もそれについて歩いた。ふっと顔を上げると、グッチの前に「クロエ」の店がある。

「あ、クロエ」

先週見守りしたばかりの、山口黒江を思い出していた。

「クロエがお好きなんですか」

角谷は振り返って、優しく笑った。

「いいえ。ちょっと、少し前の仕事でいろいろありまして」

「聞かせて欲しいな」

「ええ」

二人が自然に肩を並べた時、角谷は手を伸ばして「持ちましょう」と書類の入った紙袋を取った。

――こうやって自然に手渡しするのか。まるで、彼氏がデートで荷物を持ってくれるような感じだ。

妙に感心してしまった。

「昼ご飯を食べましょうか。いい店があるんです。お腹は空《す》いてますか？」

荷物は渡したのだからもう帰っていいのかな、と内心思いながら、祥子はうなずいた。

「はい」

「どのくらい？」

「結構、ぺこぺこです」

「それはいい。たくさん食べてください。そういう店なんです。しかも、静岡でしか食べられない。祥子さんにぜひ食べさせたくて」

「楽しみです」

きっと二人は、平日に休みを取って買い物に来た、そこそこ落ち着いたカップルにしか見えないだろうな、と祥子は思った。そして、それを演出しているのは角谷だ。祥子もしばらくそれに同調していなければいけないのだろう。仕事だから。

「で、クロエは？」

彼がさりげなく会話をつないでくれた。

「先日、仕事でクロエという名前の子に会ったんです」

「外国人？　ハーフ？」

「いいえ、日本人です。変わった名前だと本人も言ってました。お母さんが、その頃、アメリカではクロエという名前が一番人気だと聞いて付けたんですって」

「そういうのも、キラキラネームと言っていいのかな」

「黒だから、あんまりキラキラしてませんけど」

「違いない」

自分があまりにも自然に笑っていることに気がついた。

こんなことは久しぶりだと思った。

角谷と最初に大阪の阿倍野《あべの》で会ったのは十ヶ月ほど前のことだった。

その時はただ、書類を渡しただけ。夜ご飯を一緒に、と言われたが断った。

そのあとは五ヶ月前、また、大阪に書類を届けた。その時は「裏難波《なんば》でちょっと飲みませんか」との誘いを断れなかった。

角谷は、抑制が利《き》いていて人付き合いがこなれていた。彼は好意も無関心も上手に出し入れできて、その気持ちがどこにあるのか、なかなか相手に気取《けど》らせない。それにいち早く気づいた祥子は、どこか落ち着かない気持ちになった。しかし、彼はさらに祥子のそういう気持ちをくみ取ったらしく、途中からはざっくばらんでオープンマインドな態度になった。

政治家の秘書をしているだけあって、話題が豊富で、話の転がし方が軽やかだった。気がつくと、祥子も最初に感じたような気詰《きづ》まりを忘れていた。

裏難波で食事をし、立ち飲み屋で生シードルを飲み、モヒートの専門店で彼が「日本一おいしい」と豪語する、ミントの葉がどっさり入ったモヒートを飲んだ。

たっぷり飲んで、食べて、「また行きましょう」と言われて、別れた。

そんなふうに距離が少し縮まったあとの再会だった。気がつくと、彼は祥子と下の名前で呼ぶようになっていた。

夫と別れてから、社長の亀山や仕事の依頼人との打ち合わせ以外で、個人的に食事をした異性は彼がほとんど初めてだった。

もちろん、彼も仕事の相手だと言えばそうだったし、それがあったから、祥子も少しハードルを下げて会うことができたのだけど。

角谷はアウトレットまで車で来ていた。それがレンタカーでないことだけは、駐車場で気がついた。

「大阪から車で来たんですか？　遠くなかったですか」

「ええ、自由に動けるからこれで移動することが多いんですよ。慣れればどうってことありません」

こともなげに言って、彼は助手席に祥子を乗せた。

強い芳香剤の匂いもなく、車特有の臭みもなく、車内は無臭だった。彼自身のように。

国道に出ると、両側にさまざまなチェーン店が並んでいた。ファミレス、回転寿司屋、ラーメン屋、スーパーマーケット、百円ショップ、男性洋品店……どこも大型の駐車場を備え付けている。国内の主《おも》だった有名店が並んでいる様子は壮観でさえあった。

「まるで、チェーン店の見本市みたい。便利そうな場所ですね」

「いかにも地方都市の風景ですよね」

角谷は言葉遣《づか》いは標準語だが、語尾や発音は柔らかな関西弁だった。「こういうの、いやがる人もいますけど、こういうのがなくなったら、本当にその地方はおしまいになるんです」

「私も北海道出身だからわかります」

「僕は福岡です。端と端ですね」

「角谷さんは大阪ではないんですか」

「ええ。大学から大阪に出てきたんです。卒業した年はひどい就職難でね、うちの代議士に拾ってもらったんです」

「なるほど」

「日本人は道路とか公共事業とかいやがるけど、道路は国の血管です。血管がなくなったら、手も足も腐ってしまう。地方も同じです」

祥子が何かを言いかける前に、にこやかにこちらを見た。

「やめましょ。今日は仕事の話は」

でも、仕事で来たのに、と祥子は思いながら、曖昧《あいまい》に笑った。

角谷が入ったのは、そういうチェーン店の中の、ファミリーレストランの一つだった。

「地元のファミレスですか」

聞き慣れない名前の店ではあったが、平屋造りのオレンジ色の外観はどう見てもファミリーレストランだった。正直、内心、がっかりしたが、祥子はそれが声に出ないようにつとめた。

「ええ。静岡だけで展開しているチェーン店なんです。実は代議士の夫人のご実家がこのあたりでね。来たら、必ず寄るようにしているんですよ」

角谷は祥子の顔を見て、笑い出した。

「おいしいところに案内するって言ってたのに、やっぱり大阪男ってケチね、っていう顔ですね」

「……違いますよ」

「まあ、中に入ってみましょう」

確かに、なんだ、ファミレスか、と思ってはいた。祥子は彼のあとについて入った。

午後一時を過ぎていたが、入り口の待合スペースには人がびっしりと並んでいた。

「わ、すごい人」

角谷はにやりと笑って、ポケットから小さな紙を取り出した。

「祥子さんとお会いする前に、ここに寄って、整理券をもらっていたんです」

「そんな、人気店なんですか」

「平日の昼間でも一時間、二時間待つのは当たり前なんですよ」

「へー」

おかげで、すぐに座ることができた。

窓際の席に座って、メニューを広げる。店内には、まるで焼き肉屋のような、肉の焼ける匂いが広がっていた。

すでに、祥子もここがただのファミレスではなさそうだ、ということはわかっていたが、メニューを見て確信した。

「これはすごいですね」

丸々と太ったハンバーグばかりが並んでいる。

「ええ、ハンバーグ専門のファミレスなんですよ。ものすごく肉々しいハンバーグなんです。サイドメニューも粒ぞろいです」

「へえ」

「食べられそうなら、この二百五十グラムのハンバーグをお勧めします。女性でもぺろりといけちゃいます。それから、ご飯もいいですが、この店はライ麦パンも焼きたてでおいしいんでお勧めです。この鉄鍋ビビンバもいけますから、二人で分けましょう。僕、ここのビビンバ、大阪の焼き肉の有名店に負けず劣らずの味だと思っているんですよ」

祥子は思わず笑った。

「なんです？」

「角谷さん、この店のことならなんでも知ってるんですね」

「そう。僕はここのプロなんです。そうそう、祥子さん、飲める口でしたよね。どうぞ、お好きなものを飲んでください」

角谷と同じ、げんこつハンバーグという二百五十グラムのハンバーグを注文し、少し迷ってから生ビールを頼んだ。それ以外に、二人で、ライ麦パンと鉄鍋ビビンバを注文した。

注文を終えると、二人の間にふっと沈黙が訪れた。それまでうるさいほどではないが、如才《じょさい》なく話をつないでいた角谷がじっと外を見ている。

祥子もそちらに目をやった。

都会の渋滞とは比べものにならないが、道路には自動車がひっきりなしに行《ゆ》き交《か》っていた。その中の一台がこの店に入ってこようとしていた。二十代のファミリーで、若い父親の運転で助手席に母親が座っている。後ろのチャイルドシートに小さな子供の姿も見えた。

目の前の角谷の表情を探ると、その視線は厳しかった。

「……遠くに来てしまったな、と思うことはないですか」

「え」

「遠くに」

「……御殿場のことですか」

そう問い返しながら、彼が言っているのはたぶん、それとは違うというのはわかっていた。ただ、確かめたかっただけだ。

しかし、角谷はまたふっと表情を和《やわ》らげて、「本当に、ずいぶん、遠くまで来てもらってすみません」と言った。

この人はいつもそうだ、と祥子は思った。何かを真剣に語ろうとしてすぐにはぐらかす。それは相手が祥子だからだろうか。それとも。

「角谷さんはきっとおいしいものを食べ慣れているんでしょうね」

「どうして？」

「政治家の事務所にいたら、そういう機会がいっぱいありそうじゃないですか」

「そうですね。大阪のたいていの有名店は行ったことがあるかもしれません。でも、心からおいしいと思うことはほとんどないです。皆、接待ですし、誰よりも気を遣う立場にあるので」

「まあ、そうですよね」

「今日も気を遣って大変ですよ。大切なお客様を迎えてますから」

「え」

祥子がぎょっとして目を見張ると、角谷は楽しそうに笑った。

「驚き過ぎですよ」

そうこう話しているうちに、ハンバーグが運ばれてきた。

グリル料理に多い鉄製の皿が、なんと牛をかたどっていて、胴の部分が皿になっている。正直、普段なら皮肉の一つや二つ言いたいところだが、その上でじゅうじゅう音を立てているものがあまりにも魅力的なので、祥子は口をつぐんだ。

丸く大きく、厚みのあるハンバーグ。網の上で炭火焼きされたことのあかしである、くっきりとした網目も鮮やかだ。

「これを胸の前に出してください」

角谷がテーブルの上に置いてあった、紙のシートを鉄皿を載せる木皿の下に挟んで、胸の前に持ち上げる仕草をする。そのわけはすぐにわかった。

店員が刃渡り三十センチ以上はありそうなナイフと、二股のフォークを使ってハンバーグを半分に切り、鉄皿に押しつけた。すると、肉の焼ける音はさらに激しくなり、かけられたソースがぱちぱちとはぜた。シートはエプロンの代わりになるのだった。

ハンバーグの付け合わせは、シンプルに、ブロッコリー、ジャガイモ、人参《にんじん》の大きなかけらが一つずつ。しかし、それがこの料理にはふさわしそうだ。

「跳ねが少し落ち着いたら、食べましょう」

角谷に言われるまでもなく、祥子はナイフとフォークを取り上げたくてうずうずした。

「もういいんじゃないですか」

子供のように催促してしまう。彼に笑われた。

「服が汚れますよ」

「洗濯機で洗える服ですから」

そう言い合っている間に、やっと収まってきた。

「さあ、どうぞ。僕が作ったわけじゃないけど」

「いただきます」

一切れを大きく切って、口に運ぶ。思った通り、中の肉は少し生で赤い色を見せている。しかし、もちろん、まったく生臭くない。むしろ、肉の本当の旨《うま》みを伝えてくれる。

「祥子さん、こういう生の肉とか、大丈夫な人ですか」

しっかりとした嚙《か》みごたえで、もぐもぐ口を動かしながら、黙ってうなずく。それを見てまた、角谷が嬉しそうに笑った。

「では、大阪でご案内したい店がある。鶏刺しがうまいんです」

柔らかい、けれど、確実な肉々しい味わいと歯触り、たぶん、ほとんどつなぎの入っていないハンバーグなのだろう。なんといっても、肉の味が濃い。上のオニオンソースも肉の味を損《そこ》なわない、甘みと香り。

「あー、おいしい。これ、今まで食べたハンバーグの中で一番おいしいかもしれない」

やっと飲み込んで、はあとため息をついた。

「ここまで来て、待つ甲斐《かい》のある味でしょう」

「ですね」

「もちろん、祥子さんが作るハンバーグの方が旨いでしょうが」

彼の軽口に付き合ってなんていられない。

もう一切れ、今度は大き過ぎない、一口大に切る。やっぱり、おいしい。口の中の感動がなくならないうちに、ビールを飲んだ。

「はーーー」

思わず、ため息とも感嘆ともつかない声が出た。

「いいですねえ」

「すみません。私だけ飲んで」

「いいえ。その顔を見られただけで、こっちも飲んだ気になります。どうぞ、どうぞ、おかわりしてください」

付け合わせの人参にオニオンソースを絡《から》めて食べた。これもまた、野菜の匂いと旨みがある。こういう付け合わせに冷凍臭さがあったりするとつらいものだが、店内の張り紙によると産地は北海道や千葉らしい。

「冷めないうちにパンもどうぞ」

肉と一緒に運ばれていたライ麦パンを勧められた。

「熱いからやけどしないように気をつけて」

注意されていても、「熱っ」と思わず言ってしまう。

外はかりかりとして、中はねばりのある柔らかさがあった。そこに少しだけライ麦のこりっとした歯触りが加わる。確かに、こんなに熱々でおいしい焼きたてパンはなかなかお目にかかれない。

「こちらも行きましょうか」

やはり鉄製のフライパン型の皿の上に盛られた、石焼きビビンバだった。いや、メニューによれば、鉄鍋ビビンバだった。

「あ、私が」

祥子がビビンバをかき混ぜようとすると、「大丈夫です」と角谷が引き寄せた。

「ありがとうございます」

ビビンバの具はモヤシ、ほうれん草、キムチ、それに牛肉のそぼろ、真ん中に卵の黄身が載っていた。具材や見た目は普通だが、たれに何か秘密があるのだろうか。

口には出さなかったが、「こういう時、すかさずやってくれる男の人っていいなあ」と思った。

祥子の家では父親は料理に手を出さなかったし、元夫もそうだった。角谷がそのほっそりとした手で器用に混ぜているのをじっと見ていた。そして、自分が彼の指を見つめ過ぎているのに気がついて頬《ほお》が赤くなり、慌《あわ》てて外を見た。

「さ、できましたよ」

角谷はよく混ぜたビビンバを鉄鍋に押しつけて焼き付けてから、二つの取り皿に上手に取り分けてくれた。

「ハンバーグ屋でビビンバを食べるとは思わなかったな」

思わず、少し口調がくだけてしまった。

「でしょう」

確かに、角谷が絶賛するだけのことはあった。たれが甘過ぎず、辛過ぎずちょうどいいし、そぼろはひき肉だが、ハンバーグと同じ肉を使っているらしくて、味がしっかりしている。

「確かに、これもおいしいですねえ」

「わかってもらえましたか」

祥子はビビンバにビールを合わせた。こちらもすごく合う。

「祥子さんは、飯で酒を飲むんですか」

「私、炭水化物とお酒っていうのが、なんか好きなんです」

「うーん、たこ焼きとかお好み焼きとかには合わせるけど、飯では飲まないな」

なはははは、と声を合わせて笑ってしまう。

おいしいものを一緒に食べて、同じことに笑ったら、もうそれは恋なのだと、大阪を舞台に小説を書き続けていた女性作家が言っていたことを思い出す。

そんなことを考えてしまうのは、きっと、角谷の大阪弁のせいだ、と祥子は心の中で言い訳する。

「もう一度、アウトレットに戻りましょう」

会計をした角谷にそう言われて、少し嬉しくなったことに祥子は気づいている。離れがたかった。

それでも、つい尋ねてしまった。

「アウトレットで何か用事があるんですか」

角谷はにやっと笑って、「祥子さんのバッグでも買いましょか」と言った。

モールに着くと、特に何をするでもなく、ぶらぶらと歩き回った。

「何かほしいものでもないんですか。女の人はこういうの、のぞきながらぶらぶら歩くの好きでしょ」

角谷にはきっとこういうところで、心置き無く買い物をする彼女がいるんだろうし、お似合いだ、と思った。胸がちくんと痛んだ。

「私、もう、何年も、新しい服を買ってない気がします」

それで、祥子は初めて話したのだった。離婚したこと、子供のこと、友人が誘ってくれたこの仕事のこと、時々、ランチ酒する他はほとんど贅沢《ぜいたく》はしていないこと。

「そうか」

歩きながらすべてを話すと、角谷はぽつんとそう言って、それから何も言わなくなった。

残念だった。すべてを話して、受け入れてもらえないなら仕方ないと思いながら、彼がそういう男だとは思わなかったから。

「あんなん、どうですか」

「え」

彼は一つの店の前に立つと、ガラス越しに中のものを指さした。

「え?」

祥子の問いに答えず、彼はどんどん中に入っていった。

「……角谷さん、どうするんですか。ここ、すごい高い店じゃないですか」

そこはブランド、グッチのアウトレット店だった。二人はいつの間にか、最初に待ち合わせした場所に戻ってきていた。

「安いものもありますよ」

角谷はコインケースを指さした。

「こんなの、どうです?」

モノグラム柄の上に、かわいらしい花の絵が描かれている。

「すてきですけど、十分、まだ高いです」

しかし、彼はそれを店員に出させると、巧《たく》みに会話をしながら、それが半額以下になっていること、先シーズンの人気シリーズであったこと、などを聞き出した。

「じゃあ、これ、包んでください」

「え」

「ありがとうございます」

店員がいち早くお辞儀をした。

驚いている祥子に、角谷は「いいじゃないですか、ここまで来ていただいたんだから、お礼です」と言った。

そのあと、近くのカフェに入ってお茶を飲みながら、角谷はグッチの小さな紙バッグを渡してくれた。

「……こんな高価なもの、受け取れません」

「いや、本当に、ここまで来ていただいたお礼。もう返品できないし、女性ものは、僕も使いようがないから受け取ってください」

「そんな。ちゃんと仕事の料金はいただいているのに」

「これは、僕から」

「本当に、すみません。ありがとうございます」

祥子は受け取った。小さな包みなのに、バッグも包み紙も良質なものだから、ずっしり重い。

「この小銭入れ使って、せいぜい、節約してくださいよ」

「そんな」

思わず、笑ってしまう。

彼に言われると、なぜか、どうということもない言葉でもおかしい。

しかし、急に角谷は表情を引き締めた。そして、左右を素早く見回した。

「一つ、祥子さんにお話ししなければならないことがあります」

「なんでしょうか」

あまりに楽しい時間を過ごしたあとだから、まだ唇に半笑いが残ったまま、聞き返した。

「あなたは、もう少し、自分を守らなければいけません」

「え?」

今日、何度目かの「え」が出た。しかし、角谷の表情は硬いと言ってもいいほどまじめだった。

「いいですか、次に、この仕事を頼まれたら、絶対に断ってください」

「どうしてですか」

「理由は言えませんが、必ず、断ってください。何やかんやと、適当に理由を付けて」

「でも」

「断りにくかったら、そうだな、僕が何か嫌らしいことをした、とか言ってもいいです。僕がしつこくあなたを誘ったとか」

「そんな。そんなこと、言いたくないです」

角谷は首を振った。

「いいんです」

「じゃあ、亀山に」

彼にちゃんと話せば、そんな作り話をする必要もないはずだった。

「いえ、このことは、亀山の坊《ぼん》にも言わんでください。絶対に。僕が言ったとは言わないで」

祥子は彼が言っていることの重要さよりも、もう、彼と会えないのか、ということの方がどこかつらかった。

「……また、大阪でお会いできるかと思っていたのに」

そう、言葉を漏《も》らしてしまってから、急に、それが自分の気持ちを表していることに気づき恥ずかしくなった。

「大阪でおいしい鶏刺しがあるって言ってたから」

急いで、そう付け加えた。

「さっきはつい、口を滑らせました」

「口を滑らせたって……」

祥子の表情を見て、角谷はふっと微笑《ほほえ》んだ。

「やっぱり、少し、説明した方がいいですね」

「教えてください」

「いいですか、この間から祥子さんに何度か東京から荷物を持ってきてもらってますね」

「はい」

確かにもう三回、同じような荷物を運んでいる。

「あの時、同じような荷物を持った人間が、祥子さんと同じように何人か来ました。中身は本当の書類だったものもあるし、違うものもあります。そうやって、あるものを運んでいました」

「それはなんですか」

「知らない方がいい。正規のルートでは運べないもの、とだけ言っておきましょう。これまであなたが持ってきたのは、正真正銘の書類でした。でも、今回は違うらしい」

「違う？　もう開けてみたんですか？」

「いいえ。でも、重みや手触りでだいたいわかります」

「どういうことなんですか」

「正直、僕も、あなたは数あるフェイクの中の一つ、そういう人員だと思ってたんです。坊の友達だと言うし、こちらの仕事には関係ない人だから。だけど、今回は違った。つまり、亀山事務所はあなたにも危ない仕事をさせるつもりだということです」

「危ない……？」

「坊は知らないのかもしれません。でも、知っててやらせているのかもしれない。だから、話さないでください。何かあっても、あなたの名前は出ないようにします。でも、わからない。どこかからそれが漏れるかもしれないから」

声が出なくて、ただ、口を手でふさいだ。亀山も知っていて、祥子にさせていたら……？　そのこともショックだった。

「とにかく、もう、絶対にこの仕事はしないでください。もしも、警察に何か聞かれるようなことがあったら、全部、本当のことを話すんです。亀山事務所のことも、坊のことも全部。誰にも、僕にも遠慮はいらない。何も知らなかった、とちゃんと言うんです。あなたはお母さんです。自分を守らなければならない。もう、危ないことはさせられない」

祥子は小さくうなずいた。

「さっき、グッチで買い物をしましたよね」

「ええ、ありがとうございます」

「大阪の女性作家さんで、阿倍野を描いている作品があって」

「はい」

「昔の阿倍野は今みたいじゃなかったんです。庶民的な商店街がずっと続いているような街でした。そこで、女の子が、屋台でグッチのバッグを男に買ってもらうんです」

「屋台でグッチですか」

「もちろん、偽物です。昔はそういう出店みたいなんがずらっと並んでいる街だったんですよ。男が言うんです。『本物のグッチでなくてごめんよ』。すると、彼女が『ううん、阿倍野グッチなんて最高やん』って」

祥子は、それはもしかして、さっき思い出した作家さんではないか、と思ったが黙っていた。

「阿倍野には、もう、本物のグッチの店があります。立派な店です」

「そうですか」

「そういう街にしようと、僕らは、代議士とがんばったんです。いろいろなことがありました。でも今は、本当にこれでよかったのか、わからない」

角谷が急に口をつぐんだ。目で、祥子に「黙って」と告げる。そして、店の一角に鋭い目を向けた。

平日の昼間なのに、カフェは混んでいた。ほとんどが家族連れだった。

しかし、角谷の視線の先には若い男の一人客がいた。チノパンとチェックのシャツ姿でコーヒーを飲みながら、本を読んでいる。

「何か……？」

祥子は小声で尋ねた。

「男が一人でこんなところに来るでしょうか」

息がつまるような瞬間だった。祥子がもう一度そちらに目を向けると、ふっと顔を上げた男と目が合った。ぞっと寒気がした。

けれど、しばらくすると、そこに買い物が終わったらしい妻と思われる女性と幼い子供がやってきた。「パパー」と呼びかけられて、男は読んでいた本から顔を上げ、相好《そうごう》を崩した。

ただの家族連れだったらしい。

「……ずいぶん、遠くに来てしまいましたね、私たち」

祥子はつぶやいた。

「そうですね」

角谷がうなずいた。

「もう、会えないんですか」

「わかりません」

角谷は、祥子を安心させるかのように微笑んだ。

「今の案件が終わったら、僕から連絡します」

「そうですか」

祥子は何も期待していない自分に気がついていた。

「御殿場グッチの財布を使いながら、待っていてください」

「御殿場グッチなんて最高やん。本物やし」

二人は顔を見合わせて笑った。

「大阪弁、うまいじゃないですか」

「どういたしまして」

「……一段落したら、本当に連絡します。亀山の坊のところに。祥子さんに見守り屋をお願いしますよ」

帰りは、アウトレットから東京までの直行バスに乗ることにした。角谷が見送ってくれた。

バスのドアが閉まり、窓の外の彼に手を振った時、彼の下の名前を聞いていないことに気がついた。年齢も。彼は角谷として現れ、そのまま消えていった。

翌週、見守り仕事を終えて自宅に帰った。シャワーを浴びただけでそのまま眠り、目覚めたら午後三時前だった。

何気なくテレビをつけて、キッチンの冷蔵庫を開け、作り置きしている麦茶を出してコップに注《つ》いだ。

「……大阪府警捜査二課は、あっせん収賄《しゅうわい》容疑で、佐藤英人《さとうひでと》議員の公設秘書、角谷一希《いっき》容疑者、三十八歳を逮捕し……」

テレビから流れてきた名前にぎょっとして振り返った。

間違いなく、角谷のきまじめそうな顔が映し出された。白黒写真ではないものの、色の薄い写真で、顔色が真っ白に見える。

祥子は震える手で、テーブルの上のスマートフォンを手に取った。

「ちょっと、どういうこと？」

「へ？」

日頃ない、祥子のきつい口調に、電話の向こうの亀山が戸惑《とまど》った声を上げた。もしかしたら、彼も寝起きなのかもしれない。

「角谷さん、逮捕されてるよ！　ニュース観て！」

「ニュース？　角谷？　角谷って誰だよ」

息をのんだ。

大阪への運び屋、最初の仕事は十ヶ月前だった。亀山からは角谷の名字だけを伝えられた。次の時は五ヶ月前、名前も何も説明されず「また、大阪行ってくれ」と言われただけだった。

亀山が角谷の名前も素性も知らず、ただ、祥子に言付けしただけ、ということはもちろん、ありうる。

「なんでもない、もういいわ」

まだ何か言っているスマホの通話を、祥子は切った。

もう一度、テレビを観る。角谷の顔はもう画面から消えて、そこには大阪の事務所らしい、ビルの画像だけがあった。それもすぐ消えて、ニュースはスタジオのアナウンサーの顔になり、お盆の始まりを告げていた。

――あの人の名前は、一希というのか。

祥子は初めて知った、彼の名前をそっと口にした。

第五酒　池袋・築地　寿司、焼き小籠包《ショウロンポウ》、水炊《た》きそば、ミルクセーキ

「ではまず、今日食べたものを教えて」

樋田春佳《ひだはるか》が息苦しそうに、病床からつぶやいた。

「今日ですか……」

大きな大学病院の個室、窓の外には東京の夜景が広がる。樋田はまぶしいのが苦手らしく、照明は常夜灯だけだ。

樋田のベッドの足下には、編集長の小山内学と若い女性編集者が並んでイスに座っている。二人とも気配を消していて、暗闇にとけ込んでいた。

祥子は昨夜からのことを思い起こしながら、視線を泳がせた。

「昨日はちょっといろいろあった日だったんです。だから、まず、食べるまでに至る経緯を話してもいいですか」

「もちろんです。そういうの、大好物です。時間はたっぷりあるしね」

目の前に横たわる、樋田からはささやくような声しか出なかったが、嬉しそうだった。

「今朝……昨夜からの仕事は、西東京市《にしとうきょう》のひばりが丘《おか》でした……」

ひばりが丘での見守り相手は高校三年生の男の子だった。

彼は現在、来年の受験に向けて、夏休み中は予備校の夏期講習に通いながら、深夜遅くまで勉強を続けているらしい。

母親が夜食などの面倒をみていたが、昼間はいろいろ家事もあるし、夜は夫や他の家族の世話もしなくてはいけない。加えて今年の夏の暑さや、更年期ということもあって、ついに倒れてしまった。

それで、数日間、祥子が代わりに付き添うことになった。

そんな二、三日のことなら、同居する家族がやるとか、自分の夜食くらい、高校生なら自分で作ればいいのに、と思ったことは口には出さないでいた。こういう人がいないと、祥子の仕事もなくなってしまう。

彼は二時三時までは起きている。夜食は十二時頃出してほしい、と言われた。

「消化のいいものを……おうどんもいいけど、今の時期、熱いものはいやがるしねえ」

事前に打ち合わせの電話を入れると、母親の、甲田亜矢子《こうだあやこ》は弱々しい声をしていた。

「はあ……では、そうめんは？」

「うーん。おそうめんは、昼食みたいで嫌だって言うの」

生意気な。せっかく親が作ってくれるのに、文句を付けるとはどんな息子だ。

「じゃあ、まあ、適当に考えていきますよ」

面倒になって、そう言った。

「そう？　大丈夫？」

亜矢子は、はなはだ心配そうだったが、祥子はそれを振り切るように、あっさりと電話を切ってしまった。

「本当に、だいじょうぶぅー？」

切なそうな声がなぜかいつまでも耳から離れなかった。

それでも実際会ってみれば、息子の甲田拓海《たくみ》は線の細い、優しそうな子で、亜矢子が言うような、わがままな高校生には見えなかった。もちろん、他人の前だからかもしれないが。

一日目は、ツナとひじきと梅干しのスパゲッティーを作り、二日目は大葉と肉味噌を混ぜ込んだおにぎりを握り、最終日はサバ缶を使った冷や汁にした。拓海はどれもきれいに平らげて、特に褒《ほ》め言葉もなかったが、拒否されることもなく、終わった。

最終日の翌金曜日、池袋《いけぶくろ》の予備校で模擬試験があるので、祥子に会場まで送ってほしい、という条件になっていた。

——残業代はもらえるわけだからかまわないけど、もう高三なんだから、そのくらい一人で行ったらいいんじゃないですか……。

そう思わずにはいられなかったが、もちろん、こちらも口には出さない。

「駅伝のせいなんですよね」

金曜日の朝、拓海と一緒に西武《せいぶ》池袋線に乗っていると、ぽつりと彼が言った。

「駅伝？」

その横顔、誰かに似ている、と思ったら、最近話題の天才少年棋士《きし》の表情だった。拓海の方ががっしりしているように見えるが、どこか人の好さそうな雰囲気が共通しているのだ。

「母が犬森さんにここまで頼むの。過保護だと思っているでしょ」

内心、その通りだったが、「もちろん」口には出さない。

「親はいくつになっても心配するものでしょ」

「じゃなくて、僕、ずっと長距離やってたんですけど、高二の夏に部活をやめたんです」

「そうなんだ？」

「で、その冬のことなんですけど」

「うん」

「こういう模擬テストの日が、たまたま、大きな駅伝の大会の日に当たっていて」

試験会場の近くも走るコースだと気づいたそうだ。

「思わず、ふらふらとそれを見に行っちゃったんですよ。で、選手の脇を一緒に走っちゃった。やっぱり代表選手になるような人たちは速いから、たった数百メートルでも、ぜんぜん追いつけなくて」

祥子は、駅伝大会のテレビ中継などを見ると、横の歩道を選手と並走するかのように走っている人がいるのを思い浮かべながらうなずいた。

「結局その日はテストを受けずに適当に時間をつぶして、何食わぬ顔をして家に帰ったんです」

「ええ」

「帰宅したら、母に、今日駅伝やってたわよね、っていきなり言われて」

「うん」

「そうだねって、答えたら、ちょっと来てって居間に呼ばれて」

「待って。なんだか、どきどきしてきたんだけど。まさか」

祥子が拓海を見ると、彼もおかしそうに笑う。

「そのまさかで。母がテレビをつけたんです。そしたら、選手の横を走る僕の姿がばっちり映ってて」

「マジ!?」

「まじ。『私、あなたのために録画しておいたのよ』って。そしたら、僕の姿が映ってたらしい」

「はははは」

思わず、爆笑してしまう。

「笑いごとじゃなかったんですよ。母には泣かれるし、それから、ぜんぜん信用されなくて、模擬テストには必ず、誰かがついてくるようになった」

「まあ、そういう前科があるならしょうがないわね」

「しょうがないんです」

拓海は苦笑いしていた。

「本当は、その時、走ったことで『陸上はやっぱりいいや、プロになるのはとうてい無理だな』って、気持ちが吹っ切れたんだけど」

「そうお母さんに言えばいいのに」

「母、がんばりすぎるんですよ……」

そうつぶやいた最後の言葉を祥子は受け流した。彼の気持ちもわかったし、彼女の気持ちもわかったから。

　彼を送り届けると、昼前の時間になっていた。

——今日はまっすぐ帰るつもりだったけど、ちょっと食べて帰るか。

　ネットで検索すると、池袋駅周辺に二軒、気になる店があった。

　まず、一軒目は、立ち食い寿司の店で……。


　小山内から、築地《つきじ》にある大学病院に入院中の小説家の見守りを依頼されたのは、先週のことだった。

「樋田先生は五十代の女性作家です。軽い恋愛ものからミステリーまでなんでも書かれるのですが、一番有名なのは居酒屋小説です。『人情居酒屋・とっくりや』はドラマ化もされました」

「へえ」

「食のエッセイも書かれていますしね、食通作家、グルメ作家のイメージが強い方なんです」

「すみません、寡聞《かぶん》にして存じ上げなくて」

「そういうことを気にされる方ではないので、大丈夫です。一年ほど前に倒れられましてね。検査した時にはステージ4の乳ガンでした」

「お気の毒に……」

「それでも、責任感の強い方なので連載はきちんと終わらせて、入院されたんです。でも、正直、かなり厳しい状況です。抗ガン剤の影響なのか、昼間はうとうととして、夜は眠れないということが続いていて、ご家族……ご結婚されてないので、お母様と妹さんがつきっきりで看病なさっています。我々も順番を決めてお見舞いに行っています。それで毎回聞かれるんです。『最近、何かおいしいもの食べた？』と」

「へえ」

「吐《は》き気がひどくて食欲はもうほとんどないそうです。でも、人の食べたものを聞きたがる。グルメ作家の性《さが》というのでしょうか。食べ物屋の話や新しい調理法、旬の野菜や魚の話が大好きなんです」

「ふーん」

「もちろん、私たちも交替で行って話していますが、だんだんネタもつきてきますし、先生の姿を見ているのが何よりつらくてね」

「編集者さんはおいしいものをたくさん食べていそうなのに」

「それでも、他の作家さんと出かけたり、接待の時以外は、会社がある神保町《じんぼうちょう》の界隈《かいわい》で食べることが多いですから、自然と同じ店が多くなっちゃって」

「なるほど」

「それに、別の作家さんと食べたものを話すっていうのも、どこか気が引けて……それで、祥子さんに来てもらおうかと。祥子さん、お昼はいろんな街に出かけてよく飲んでるって言ってたから」

「そんなグルメな先生に話せることがあるかどうか。私が食べるものなんて、安いものだし、ただただ目に付いたものを食べて飲んでるだけですから」

祥子にはまったく自信がなかった。

「いえ、どんな食べ物もお好きです。高いものも、安いものも。気の張らない、好奇心だけは誰よりも旺盛《おうせい》、という方なので」

そういう打ち合わせがあって、来ることになったのだった。


「ちょっと待った」

樋田は病床からするどく言った。そのせいで軽くせき込んでしまう。ベッドの足下にいる編集者たちが慌てて立ち上がる。けれど、「大丈夫、大丈夫」と手を振った。咳《せき》はともかく、急に生き生きしてきている。

「その店、知らないわ」

「そうかもしれません。わりと最近、できた店みたいでした。地下の奥まった場所の小さい店で」

「なるほど」

祥子はスマートフォンを開いて確認した。

「一年くらい前にできたばかりのようです」

「じゃあ、見たことないはずだわ。その頃にはもう、発病していたから。池袋の方にはあまり行かないしね」

それにどう答えていいかわからない。

祥子が見つけたのは、立ち食い寿司の店で駅に直結するデパートの地下にある。地下鉄の改札口の正面なのだけれど、池袋にはたくさんの路線が通っているし、改札口はさらにいっぱいあるから、確かに気がつくのはむずかしい。

「これがなかなかよかったんです。回転じゃなくて、ちゃんと目の前で握ってくれるやつで。私の前にいたのは、年輩の男性の職人さんでしたが、握りがやわらかくて、寿司飯もほのかに温かく、ネタも新鮮で大きくてよかったですね」

「何、食べた？」

口調が今日一番、力強い。

「ランチの時間だったんですけど、ランチセットを頼むと、食べ過ぎかな、と思ってスペシャルBっていうセットで。大トロに赤身、アジ、鯛《たい》、いくらの五点盛りでした。どれもおいしかった」

「飲み物は？」

「店の名前がついた、長野のお酒を冷やでいただきました。さっぱりしてなんにでも合いそうないいお酒でした」

「いいわねえ」

「追加で鰯《いわし》を握ってもらいました。一貫六十円で二貫。これがまたよかったんですよ。脂がたっぷりのってて、新鮮で。最近、鰯って結構、高かったりするじゃないですか。あれだけ安くておいしいの久しぶりに食べた。あれはもう一度食べたいな」

「それ、食べた時、冷酒も一緒に飲んだんでしょ。どんな感じだった？」

樋田の声はかさついているのに、語調は依然、熱い。

「はい」

祥子は一瞬、ベッドの脇にいる小山内を見た。いくら、相手から「食べたものの話をしてほしい」と言われていたとしても、病人に酒の味を話すのはちょっと酷だ。

しかし、彼は「かまいません」と言うようにうなずいた。

「いいの、いいの。どんな話を聞いても、もう、私の食欲は回復しない」

樋田は、祥子の表情を察したようだった。

「もう、何も食べたくないの。ただ、情熱を聞かせてほしい。食べ物やお酒の話を聞いて、その情熱を取り入れていたら、私もまだ生きていけるような気がする」

「わかりました……脂ののった鰯を口に入れると、その脂はさっと溶けるようでした。生臭さなんてほぼないし、身が柔らかいからとても軽いんです。でも、私はそのほんの少しの生臭さと脂を忘れないうちに、というか、追いかけるようにして冷酒を飲みました……」

祥子はその時の舌の上を思い出した。

「……わずかな脂がさっと流されて……すごくおいしかった」

自然、万感の思いがこもった声になった。

「鰯は旬だもの。いいわねえ」

「なんか、すみません」

「ううん。食べたくはないの。ただその時の喜びだけは覚えているの」

「もう少し食べてもよかったんですけど、今日はまだ、もう一軒、行ってみたい店があったので、そこで切り上げました」

「なるほど」

「もう一軒は、焼き小籠包《ショウロンポウ》の店です。北口にある」

「あ」

「なんですか」

「そこは知ってるかもしれない。行ったことはないけど、聞いたことはある」

「そうですか」

「うん。焼き小籠包というものが日本に入ってきた時、そのハシリとなった店だよね」

「はい。たぶん、そうだと思います」

「ああ、行っておけばよかったなあ。池袋はあまり行く機会がなかったのよ。焼き小籠包自体はね、食べたことあるの。中華料理を食べに行って、そこの店にあったから。それはそれでまあ、おいしかったんだけど」

「そうですか」

「で、どうだった？」

「はい。開店の十一時半ちょうどくらいに着きました。私の前には女の人が一人並んでいるだけで、まだ混んでなかったんです。その人は持ち帰りで。で、私はもうお寿司食べてたんで、小籠包四つと青島《チンタオ》ビール頼んで」

「ああ、青島ビール、くせがなくて、焼き小籠包とかと合いそう。アジアのビールってそうよね、どれもさらっと飲める」

「並んでいた人はもう焼きあがったものを持って帰るだけだったんですけど、私の時はちょうどそこで包んでいるものを焼いてくれたんです」

「それ、最高ね」

「はい。早い時間に行った甲斐がありました……間口が狭く縦長のこぢんまりとした店で、カウンターの向かいに小さなキッチンというか厨房《ちゅうぼう》があって、そこを背にしてイスと机があるんです。私はその一番奥に座って」

祥子はその時の店の喧噪《けんそう》と、昼前の池袋の街を思い出した。

「私が座ってしばらくしたら、なんていうか、背中に無言の圧力みたいなのを感じるんです。振り返ったら、キッチンの人が何も言わず、栓《せん》の開いた、青島ビールの瓶を差し出してて、コップはなし」

樋田は低く笑った。今夜初めて聞いた笑い声だった。

「厨房の人たちは日本語がほとんどしゃべれなかったみたいですね。だから、私に無言の圧力をかけてきたんです。瓶ビールに口を付けて飲むの、久しぶりでした。あのガラスの丸い感触、いいですよね。すごくおいしかった。それを飲みながら、男性が小籠包を包んでいるのを見ていました。小麦粉の練ったのを細長く延ばして、それを小さく切って、丸めて広げて、隣の女性に渡すんです。すると女性がボウルに入った山盛りの肉のタネから適量取り、器用に包んで。ほら、和菓子の練り切りの、菊の花を作るような感じで」

「わかるわ、なんか」

「とても、手際がいいんです。それから十分くらいかかったかな、焼きあがるまで。店の中で食べているのは私だけで、テイクアウトの客が何人も店に来ていました。それもほとんどが中国系の人で、店の人と中国語で話していました。店員さんたちもお互いに中国語で話しているし、なんだか、中国か台湾を旅行しているみたいでした」

「ああ、台湾、また行きたいわ」

樋田は胸の奥から出しているような声で言った。

「焼きあがったばかりの小籠包は、本当に熱々でした。驚いたのは、菊の花の方を底にして焼いてあったんです。上の方は平らでした。そこに白ごまがふってあります。日本語が話せるレジの人に何度も『熱いから気をつけて、一口ダメね』って言われました。だから、そっと皮に口を付けて、そっと穴を開けて」

「皮はどんな感じなの？」

「上の方はしっとりもちもちで、真ん中は普通の小籠包より乾いているんです。やっぱり、焼いてあるから。底はしっかり硬めです。穴から汁をすすりました。気をつけていたけど、それでも熱いんです。舌と唇をやけどしました。スープは醬油系の味でそれだけでもおいしい。ビールで口を冷やしてまた、箸《はし》をつけます。ふうふうして少し冷めたのを、ちょっとずつかじって、やっと肉にたどり着きました。肉は濃厚な味でそれをかりかりした皮と一緒に食べて、ビールを飲んで、どちらも止まらない……おいしかったなあ。それから二個目は穴を開けて汁をすすった後、黒酢を垂《た》らしていただきました。こうするとさっぱりして、また、味が変わって」

「……ああ、やっぱり、行けばよかったなあ。最初に食べた焼き小籠包がまあまあの味だったから、そこでわかったような気になって、行かなかったのよ」

「……どこでもそんなに大きな違いはないかもしれません」

祥子は気の毒になって、小さくつぶやいた。

——あれ？

ふっと自分の体の中に、何か違和感を覚えて、腹のあたりを撫《な》でた。

——これ、もしかして、空腹？　私、こんな話をして、病人を目の前にしているのに、お腹へってきた？

祥子は自分の旺盛な食欲を恨む。

「ううん。こればっかりは食べてみないと、わからない」

「そうですか」

「いつでも食べられるって思ってたけど、いつでも、なんてない」

樋田は苦しげに言った。

「なんでもそう。ね？　あなたは、きっと今、ここにあるものは、あなたの手の中にあるものは、いつまでもここにあるって思ってる。けど、違う。それを楽しめるのは本当にごくわずかな時間だけなのよ」

「そうかもしれません」

「恋愛もそう。あなたは今、好きな人、いる？」

「……わかりません」

祥子の声が聞こえたはずなのに、樋田は答えを無視して続けた。

「そういう気持ちはずっと一生続くってきっと思ってる。出会いさえあればいつまでも恋愛できるって。でも、そうじゃない。そういう時期は人生のほんのわずかな時間でしかない、独身とか既婚とか関係なくね。でも、渦中にいると気づかない」

ふっと、御殿場のことを思い出す。ほんの少し、空腹を忘れる。

「気づかないわけでも、ないかも」

　祥子は小さな声で反論した。

「小山内さん」

　樋田は思い出したように呼びかけた。

「なんでしょうか」

「私のバッグ、持ってきて」

　彼はベッドの脇の棚からそれを取った。

「中に私の財布、あるでしょ」

「あ、先生、祥子さんへの謝礼はもう預かってますので、私から後でお渡ししますから」

「いえ、そうじゃないの、財布出して」

「はい」

　樋田はふるえる手で財布を受け取った。小山内の力を借りながら、それを開き、三千円を祥子に差し出した。

「これ」

「え、いただけません」

　しかし、樋田は思ったより強い力で、千円札を祥子に握らせた。

「ううん。明日ね、朝、築地市場《つきじしじょう》に行って、これで何か食べなさい。お酒も飲みなさい」

「築地に」

「築地はお寿司ってイメージがあるし、実際、それもおいしいけど、あなたはお寿司食べたばかりよね。だったら、鶏肉の専門店があるからそこで水炊きそばっていうの、食べなさい。お魚がよかったら、寿司屋でね、あなご丼やってる店があるから、そこもいいかもしれない」

「いいんですか」

「それで、おいしいもの食べて、お酒も飲みなさい。そして、私にまた話してね」

「はい」

「築地市場が移転するまで、あと一ヶ月、それが過ぎたら、私も終わる」

そして、樋田は疲れはてたように眠ってしまった。

「……よかった」

小山内は彼女の寝顔を見ながら、心底嬉しそうにつぶやいた。

「先生がこんなに、夜、よく寝ているのを見るのは久しぶりです」

「本当ですか、それは嬉しいです」

小山内と女性編集者は、深夜にタクシーで帰っていった。

「私は朝まで見守りますから大丈夫です」

「たぶん、七時過ぎには朝の検温に看護師さんが回ってきますから、その頃までいてくだされば」

彼らとは病室の前で別れた。

朝、指示通り、看護師と入れ替わりに、祥子はそっと病室を出た。

大学病院から出て、築地市場までは十分ほどの距離だった。最近やっと、朝夕だけ真夏の暑さも収まってきていた。

――さあ、何を食べようかな。

朝になって、食欲がさらにむくむくわいてくる。

――もともと人気のある築地だし、移転も近い。混んでいて、どこにも入れなかったらどうしよう。

そう思うと、自然、早足になる。スマートフォンのマップを見ながら、築地市場駅の脇から、市場に入った。

大きなトラックやトレーラー、運搬用のターレが激しく行き来する場所を通ると、場内の、食堂や小売店が並ぶ大飲食店街が見えてくる。ぷんと魚の臭いが漂う。不快な腐敗臭などはまったくないが、なかなか強い臭いだった。

──アジアの市場と同じ臭いがする。市場の空気というのは、世界でもトップクラスの清潔な都市と言われる、東京でも変わりないのだなあ。

時刻は八時になろうとしていた。すでに、いくつかの店には長い行列ができている。そのほとんどが外国人観光客のようだった。アジア系も欧米系もほぼ同じくらいの割合で交ざっている。

かなり雑然としているが、よく見れば、やたらと行列ができている店とそうでない店がある。どうも、テレビやガイドブック、トリップアドバイザーなどで紹介された店ばかりが混んでいるようだ。逆に行列のない店には中にもほとんど客がいない。

──そんなに違いがあるんだろうか。どこもおいしそうだけれども。寿司は握りはともかく、ちらしならそんなに違いはなさそうだけどな。ましてや、海鮮丼ならご飯の上にのせてあるだけなのに……刺身の違いだろうか。

樋田から教えてもらった寿司屋は残念ながら休みだったし、そんなに魚の気分ではなかったので、鶏料理の店に入る。そこは一人男性が並んでいるだけで、ほぼ待たずに案内された。

親子丼と水炊き定食、それから、水炊きのスープを使った「水炊きそば」というラーメンが主なメニューだった。

――親子丼にカレーをかけた、親子丼カレーも、ひかれるなあ。でも、今は汁物が食べたい。やっぱり樋田先生おすすめの水炊きそばにしよう。

「水炊きそばの全部入りと、ビールください」

注文を取りに来た若い男性に頼む。

「すみません。今日、味玉の入荷がなくて。卵なしでいいですか」

「あ、いいです……」

「じゃあ、肉増しそばになります」

ちょっと残念だけど、仕方ない。

セルフサービスの、レモン入りの水を飲みながら待つ。ビールが先に来た。国産の瓶ビール。最近、瓶ビールづいている。手酌《てじゃく》で注《つ》いで、ぐっと飲み干した。

――ああ、仕事後のビールはやっぱり、格別だなあ。

真夏の暑さは収まってきた、と言っても、八時を過ぎると、さすがに温度も湿度も上がってきていた。祥子はバッグからハンカチを取り出して、首と顔を拭《ぬぐ》った。

さらにビールをコップに注いで、今度はしみじみと味わう。

「樋田先生とはデビューの頃からのお付き合いなんですよ」

数日前、小山内は電話でさらに、そう説明してくれた。

「若い頃に賞を取られて、でも、なかなか本が売れなくて。ですからその後、本が出せなくなって、いろいろなアルバイトをしながら書いて、書いて、でも、やっぱり売れなくて、最後には小説をあきらめて就職なさって。でも、働きながら書いた、文庫書き下ろしの『人情居酒屋・とっくりや』がやっと当たって……ここ数年、ようやく落ち着いて執筆活動をされるようになった矢先に倒れられました。これからという時でした。ご本人も無念だと思います。居酒屋ものがドラマ化された頃、築地にマンションを買われましたし、病が見つかると、病院も築地の大学病院に入られて……この地を心から愛してらっしゃるのです」

そして、この地、築地市場がなくなるのと時を同じくして、彼女も消えていく。

「最近はもう、おいしいものを食べると先生のことを思い出してしまうのです。これは先生に教えなければ、どうやって、このおいしさを先生に説明したらいいか、表現したらいいのか……そう思うと、食べながらもう泣いてしまう。そして、そうか、先生はずっとそればかり考えて生きてきたのか、これをどうやって伝えたらいいのか、それればかり考えながらこうやって食べてきたのか、と」

小山内は泣いていた。

「お待ちどおさまです」

ぼんやり考えていた祥子の脇から、水炊きそばが差し出された。

白濁《はくだく》した鶏のスープに中太の麺。上に、鶏のチャーシューが三枚。二枚は茶色い皮がしっかり付いてぶつ切りされたもの、一枚は白い胸肉、さらに、細くそぎ切りにした鶏肉がのっている。そして、ネギが二種類、中央に刻んだ青ネギ、その周りに少し煮こんだぶつぎりの白ネギが散らされている。見事に鶏づくしだった。

まず、最初にスープをレンゲですすった。

うまい。

祥子は焼き鳥屋でも、時々、出てくる鶏のスープが焼き鳥以上に好きだったりするのだが、これはそれを濃厚になみなみと丼いっぱいだ。普通はちんまり、そば猪口《ちょこ》に入れてくるようなのを心おきなく飲めるのだから、これはありがたい。

鶏スープは濃厚だがしつこすぎない。ラーメン屋でも、濃い鶏白湯《パイタン》スープ、それも、ポタージュのように濃い、箸が立つなんて冗談で言うほど濃度を売りにしているところがある。あれはあれでもちろん、おいしい。けれど、ここのは、スープとしておいしいものをほんの少し濃くした感じ。最後まで飲み干せるスープだ。まあ、祥子は鶏白湯ラーメンのスープも飲み干すけれど。

でも、これはもっと滋養が強いスープ。

――先生。おいしいです。そばにして、当たりだったー！

もちろん、ビールも飲む。こってりした口の中がさわやかに洗い流される。

――チャーシューだ。チャーシューで酒を飲むのを忘れないように。

皮の付いた、茶色のチャーシューは甘辛い味。けれど、甘すぎない、こってりしすぎないのがよかった。スープにも合う。柔らかく、けれど、嚙《か》みごたえもちょうどいい。

――この甘辛味、家で真似したい味だなあ。通常、甘辛味は、醬油、みりん、砂糖が1：1：1くらいだけれども、これは少し砂糖が少ないのだろう。いったいどのくらいの分量なのか。

これまた、ビールを呼んで、ぐびぐびと飲んでしまう。

細くそぎ切りしてある、白い鶏肉は塩味。こちらは麵と一緒にすすり込むのにとてもいい。

そして、特筆すべきはネギだった。刻んである青ネギはスープのいいアクセントだが、ほんの少し煮込まれた白ネギはごろごろと存在感を主張する。

――このネギはポイントにいいな。甘いけど、ぐだぐだになるまで煮込まれていない。ああ、ここの水炊き定食も次に食べてみたい。

祥子は店の中を、ほんの少し首を伸ばして見回す。水炊き定食の人が、一人置いて隣にいる。思わずじっと見てしまう。

ご飯に、大きな丼鉢がついていて、その中に水炊きと思《おぼ》しきものが入っている。表面をキャベツのような野菜が覆っている。

――あれ、絶対、次来たら食べるんだ。いや、次は親子丼もいいな……親子丼カレーか。

そんなことを考えているうちに、麺を食べ終わり、ビールを飲み干した。

スープをレンゲですくって飲む。残りほんの数センチまで来たところで、立ち上がろうとした。けれど、やっぱり、また座って最後まで飲み干してしまった。

――後を引くなあ、このスープは。

お腹ぱんぱんで店を出た。

ぶらぶらと商店を見て回る。乾物を売っている店もあるし、箸や器、中には土産物《みやげ》を売っているところもある。

――そんなところもやっぱり、タイやベトナムの市場に似ているなあ。

端に近づくにつれ、喫茶店らしい店が目に付くようになってきた。

――コーヒー飲んでいこうかな。

しかし、喫茶店は入り口に看板が出ていないところもあり、また、カウンターの席だけで、常連と思しき老人や大人数で来ている観光客が目についていて入りにくい。商店が途切れそうなところで、やっと一番外側の席が空《あ》いている店を見つけておそるおそる入った。

「……あの、ここ、いいですか」

小さな声でそっと聞く。

すると、隣に座っていた、常連らしい老人二人が「いいよ！　大丈夫だよ！」と大きな声で答えてくれた。きっと、早朝からその大声を張り上げて仕事した後なのだろう。

——いいんだろうか。お店の人ではなさそうだけど。

不安だったが、ええいままよ、と高いカウンタースツールに尻を乗せた。

壁にメニューが貼《は》ってあった。

店の真ん中のあたりは、海外からの観光客が占めていた。中国や台湾からの観光客は、服装でどことなくわかる。

彼らにメニューを渡している老店主に、祥子も声をかける。

「すみません」

「ちょっと待ってねー」

あ、忙しかったか。まだダメだったか。どきどきした。

「今ね、忙しいから。あの人ね、忙しいと怒るから」

常連老人の一人が、取りなすように笑った。仕方なし、という表情で、店主も苦笑いしている。

「あ、すみません」

店主が祥子の方に英語と日本語のメニューを持ってきてくれた。

「大丈夫だよ、この人、日本人だもの」

老人二人が口々に言う。東京のど真ん中で、日本人だと証明されるとは思わなかった。

コーヒー、アイスコーヒー、オレンジジュース、ミルクなど、典型的な喫茶店メニューが並ぶ中、ふっと目に留まった。

「……私、アイスミルクセーキで」

アイスコーヒーでも、と入った店だったが、懐かしい、そんな名前を見つけて、つい注文してしまった。

「ちょっと時間かかるよ、ごめんね」

「大丈夫です」

常連客二人が間に入ってくれたためか、なんだか、急に自分もこの店の馴染《なじ》みになったような気分になった。

「二ヶ月切ったね」

待っている間、二人が話している言葉を聞くともなしに聞いた。豊洲《とよす》移転の話だろうとすぐに察した。

「豊洲ってさ、端から端まで、四、五キロだってさ。ターレ、フル充電しないと途中で止まっちゃうよ」

「ははは、違いない」

「まいったね」

忙しく立ち働いていた店主が、祥子のミルクセーキを用意し始めていた。シンプルなグラスの底に、生卵の黄身を一つ入れ、砂糖と少量の牛乳、バニラエッセンスを数滴入れて、ごくごく小さなブレンダーで混ぜる。さらに牛乳を足して、氷を浮かべた。

シンプルな作りだった。子供の頃、祖母が作ってくれたような。

――今度、明里に作ってあげようか。

「お待たせ」

「ありがとうございます」

ほの甘いミルクセーキは久しぶりの味だった。甘すぎないのが、さらに懐かしい。

「巨人にいた村田《むらた》、引退だってね」

「村田は野球が好きすぎるんだよ、だから、引退するんだ」

老人たちは野球の話題で盛り上がっている。

なんなんだろう。

――エアポケットに入ってしまったようだ。移転間近の築地でこんなにほっとする場所に出会うなんて。

「お姉さん、どこから来たの？」

野球の話題にも飽きたのか、老人の一人が祥子に話しかけてきた。

「東京都内です」

「東京か……じゃあ、ここじゃなくても、もっといい喫茶店、たくさんあるじゃない」

また、店主が苦笑いしている。

「皆さん、豊洲に移るんですか」

「まあね」

どこか達観したように老人たちはうなずいた。

運命を受け入れている……先生や築地と同じように。

「この店も？」

「そう。本当はさ、こんな悪い人、移っちゃいけないんだけどさ」

老人の一人が店主を指さした。

「本当だよ。こんな悪い人、いないんだから」

店にいた常連たちが、一斉《いっせい》に笑った。

祥子はふいに涙ぐみそうになった。

――先生。

今頃、病床の小説家は眠りについているのだろうか。それとも食欲がないと言いながら、病院食を食べている頃だろうか。

どれだけ、彼女はここにいたかっただろう。どれだけ、もう一度、ここに来たかっただろう。

「豊洲に移ったら、また、来ますよ」

涙を見られないように、祥子は下を向いて、勘定をテーブルの上に置いた。

第六酒　神保町　サンドイッチ

ちょっと話があると小山内学から連絡があったのは、十月の終わりだった。

ついに来る時が来た、と思った。

樋田と出会った日、余命はあと一ヶ月ほどだと聞いた。

「築地が終われば、私も終わる」

そんな言葉を告げられた。

築地市場は十月初旬から移転が始まり、半《なか》ばには豊洲での営業開始が次々と伝えられた。

ほとんど毎日のようにその内容が詳細にニュースで流れた。築地から豊洲へのターレの大移動の映像など、楽しいものもあったが、それを見るたびに、樋田の命が削られていくような気がした。

それに小山内の母親、元子のこともある。いずれにしても、つらい話になるのは目に見えていた。

——最近、バタバタしていて、申し訳ないのですが神保町のあたりまで来ていただいていいですか。ドイツビールとドイツ料理が食べられるお店があるので、お仕事の後なら昼食も召し上がっていただけます。

そんなメールに、「先生や元子さんはいかがお過ごしですか」とも、怖くて尋ねられない祥子だった。

その日の朝まで見守りしていた相手は、大学三年生の小松実咲《こまつみさき》だった。

セキュリティーのしっかりした、世田谷《せたがや》区の、1DKの女子大学生専用のマンションに招かれた。玄関先ではやわらかなよい香りがして、それだけで彼女が裕福で恵まれた家庭や環境の中で生まれ育ったのだ、ということが感じられた。

しかも、実咲の大学は名門で、頭脳にも恵まれているらしい。

「こんばんは。見守り屋の犬森祥子です」

出迎えてくれた実咲は無表情でスマートフォンをじっと見つめながら、祥子にスリッパを出した。

「母から聞いてます」

小さな声で彼女は答えた。それでも、うつむきかげんの小さい顔の中に整った目鼻がきれいに並んでいるのは見て取れた。つまり、美貌《びぼう》にも恵まれていた。

祥子が上がると、実咲はくるりときびすを返して廊下を抜け、ダイニングと思《おぼ》しき部屋に入っていった。祥子もそれに続く。その間も彼女はずっとスマホから目を離さない。

ダイニングキッチンには、ソファと低いテーブルがあって、服や食べ物の包装紙などが散らばっていた。まだ、ゴミ屋敷というほどではないが、しばらく掃除をしていない様子だった。しかし彼女を心配して上京した母親が実家に帰ったのが一昨日らしいから、たぶん、それまでは片付けてもらっていたはずだ。

「よろしいですか」

実咲が何も言わないので、祥子は背もたれにかかっている服をよけて、ソファに座った。

「あの」

「はあ」

間接照明で少し暗い室内に、実咲の白い顔がスマホの光で浮かび上がっていた。

「お母様からはそのスマートフォンを取り上げて、少しでもいいから寝室で寝かせるように、と頼まれているのですが」

実咲は何も答えなかった。ただ細い指だけが激しく画面を滑っていた。

小松実咲が、在学している大学のミスキャンパスの最終候補に選ばれたのは、四ヶ月ほど前のことだった。

宮城県の酒造メーカーを経営している家の一人娘で、祥子が感じたようにすべてに「恵まれた」環境でありながら、決して、甘やかされることなく、すくすくと成長してきたらしい。

「最終候補に選ばれたのはやっぱり嬉しいことだったんですよ。まあ、十人並みの娘だとは思っていましたが、他人様に認められるほど美しく育ってくれたのは誇らしいことでした」

所用で宮城に帰る前に「中野お助け本舗」の事務所を訪れた実咲の母は、ブランドもののバッグを膝の上に載せ、その上に手入れの行き届いた手を置きながら話した。そういう仕草がまったく嫌みにならない、華やかで上品な雰囲気があった。

「娘は喜びつつ、『今後のキャリアにうまく生かせたらいいな』と言うくらいで、そう舞い上がってもいなかったんです。それもまた、私たちには嬉しいことでした」

「よくできたお嬢様なんですね」

亀山が率直に褒《ほ》めた。

「ありがとうございます。でも、それから、私たちは不幸のどん底に落とされることになりました」

ため息をつきながら、彼女は肩を落とした。

不幸のどん底……ずいぶん、大げさな言葉を使うと祥子は思ったが、笑うわけにもいかない。

実咲の母親はそこでしばらく言葉を切った。事務所の窓から外を見ている。曇《くも》り空に電線にとまった小鳥が数羽見えた。身を寄せていた鳥たちは二羽が最初に飛び立ち、それを追うように一羽が飛んでいった。それでも、彼女は外を見ていた。

「ミスに選ばれなかったんですか？」

どう話すべきか迷っているような彼女の様子に、祥子は思わず、声をかけてしまった。

亀山がちらっとこちらをにらんだが、こういう時ははっきり言った方がいい、と思った。

「いえ……それよりずっと悪いこと」

「選考に漏《も》れるより、悪いこと？」

「ええ。こんな終わり方があるんだ、と思いました。最終選考に残った時には、落ちるのが一番悪いことで、そうなったら娘をどう慰《なぐさ》めようかとそればかり考えていました。そんな自分が今では懐かしい」

実咲の母は少し笑った。

「私が心配していたら、主人が笑って『落ちたって元に戻るだけじゃないか。元の、ミスでも何でもない実咲に。ミスになれたらもうけものだし、それだけのことだ』って言って。そういう豪快というか、大ざっぱというか、無神経なところのある人なんです」

「そういう方だから、今の会社をここまで大きくされたのでしょうね」

実咲の父親はそれまで田舎《いなか》の小さな造り酒屋だった実家を、一代で国内の十本の指に入る酒造メーカーにまで育て上げた、その業界では有名な人物らしい。

「ええ、そうでしょうね」

その言い方はどこかよそよそしく、娘のことで小松家に不協和音が生じていることがわかった。

「夫はなんでもないことだと思っているのです。青年期に一つや二つ、悩みがあるのは当たり前だと言って、私が上京するのにもいい顔をしません。『俺だって、若い頃はいろいろ悩んだ』だとか、『東日本大震災をくぐり抜けてきた子だ。俺やお前が思っているより強い』だとか言って。でも、違うんです。夫の時代やあの時の状況とは違うんです。その時の悩みとは……。私にはわかります」

確かに悩みはさまざまで、どちらが強いか弱いか、大きいか小さいか、というのははかれない、と祥子も思った。悩みの種類がまったく違う。

「あの時は、工場がつぶれたり、避難所に行ったり、本当に大変でしたけど、でも家族は一つで、同じ方向を見ている実感がありましたもの。でも今は……私たちはあの子に寄り添いたいと心から思っているのに、向こうは心を閉ざしたままです」

「そういう状態になったのはいつからなんですか」

亀山が尋ねた。

「最近の大学のミスキャンパスは昔と違って、外に開かれているんですね。大学の枠を超えた事業というかイベントというか……ネットに候補者七人の情報や写真を上げて外部からも投票を募るんです。各候補者はツイッターやらインスタグラムなどのSNSを始め、そこでのフォロワー数も審査の対象になります」

「それは大変だ」

「はい、その頃からです。娘が私たちと会ってもずっとスマホを見続けるようになったのは。なんだか、必死に返事を書いたり、写真をアップしたりしているようでした。でもその頃はまだましで」

「ましですか」

「そんな中、実咲の高校時代の彼氏との写真がどこからともなく流出したんです」

「誰がやったんでしょう」

「わかりません。彼は中学からの同級生で、高校は野球部に在籍し、惜しくも甲子園は逃しましたが、県大会の決勝にまでは行ったような高校球児です。さわやかないい青年で、でも、実咲は進学校、彼は商業高校に通っていました。彼は卒業後地元で就職しました。大学進学の頃には別れていたようです」

「彼が流したんでしょうか」

環境が変わって心変わりした彼女に別れを告げられ、それを恨みに思ってそんな行動に出ることはなくはない、と祥子は考えた。

「いえ、彼の方は否定しています。でも、彼も実咲も、その写真をお友達には見せたことがあると言っていましたし、どうしてそうなったのかはわかりません」

彼を責めないだけ、冷静な人だ、と感心した。確かに、そういう事情なら、犯人は無数に考えられる。

亀山がこほん、と小さく咳払いをした。

「その写真というのはどのようなものなんです？」

「……キスシーンの写真でした。親としてはそのような写真は、どの程度のものでもつらいものですが、娘の部屋で二人がキスをしているだけです。そうどぎついものではないのです。ただ、流出した時には、『もっときわどい写真もある』というような意味のコメントが書き込まれました。実際にはそんな写真はない、と娘は言っていましたが」

「なるほど」

「写真はあっという間に拡散しました。最初は、こんなの一週間もすれば忘れられるよ、なんて言ってた娘でしたが、騒ぎは大きくなるばかりで、収まる気配も見えませんでした。娘のSNSにも罵詈雑言《ばりぞうごん》が書き込まれ、中には、個人情報が暴かれるようなこともあったようです。数週間で娘は参ってしまい、ミスキャンの候補を辞退しました」

「それが賢明かもしれませんね」

「でも、書き込みは止《や》まなかったんです。一ヶ月ほどした頃でしょうか。その騒ぎを聞きつけたネットニュースのサイトに、まるで大きなニュースのように書き立てられて」

母親は自分のスマホにその画面を出して、祥子たちに見せた。

『ミスキャンパス候補者に疑惑！　ハレンチ写真流出』

ハレンチって……どんなおっさんが書いた記事なんだ、と祥子はため息が出た。

「これで世間の人にまで知られることになりました。娘は私たちと話し合って、個人のSNSアカウントを削除しました。それでも、中傷《ちゅうしょう》は止みません。今度は夫の会社のHPに心ないコメントが書き込まれるようになりました。それで地元の人にも知られて」

母親はまたしばらく黙った。今度は祥子も亀山も口を挟んだり、促《うなが》したりする気にならず、じっと次の言葉を待った。

「でも、別に、会社や地元の評判がどうなっても、私たちはかまいません。娘さえ、元気になってくれれば……ですが、事態はさらに悪く」

実咲の母は絞り出すように言った。

「でも、SNSは閉じたんですよね。しばらくしたら収まりそうですけど」

「いえ。それからがまた地獄でした。夏休みには実家に帰ってきたんですけど、娘は部屋に閉じこもりきりでずっとネットを見ているんです。自分のことが何か書かれているんじゃないかと疑心暗鬼になって、ネットを隅《すみ》から隅までチェックするようになったんです。ずうっとスマホにかじり付いて、あの、なんですか、エゴサーチって言うんですか、あれをずっとしているんです。写真が流出したばかりの頃、娘がつい反論したりしてしまって、それがまた、火に油を注《そそ》いだそうで、とても収まる気配がありません。新学期が始まって娘は東京に戻りましたが、とても大学になんて行けませんでした。娘がちょっと強く反論したのを見て、友達からも怖がられて、敬遠されてしまったらしいのです。私たちが上京してスマホを取り上げたら大声を上げますし、夫とは毎日のように怒鳴り合いの大喧《おおげん》嘩《か》でした」

「それはおつらかったでしょう」

彼女はバッグからハンカチを出して目元を拭《ぬぐ》った。やっと泣けた、そんな涙だった。

「それが今月からやっと大学に行くようになったんです」

「よかったじゃないですか」

「ええ」

母親はまた涙を拭った。

「私たちも喜びました。夫も『普通にしていればいいんだ。お前は悪いことをしたわけじゃないんだから』って言って」

「そうですね」

「でも、エゴサーチはまたひどくなりました。娘が大学に行くようになってから、私も時々こちらに来て身の回りの世話をしているんですけど、授業だけ出て、すぐに帰ってきます。以前は、喧嘩になるくらい、夜まで遊びまわっていたのに。その後は、ずっとネットを見ています。大学に行くと、またあれこれ言われたようで」

「なるほど」

「ほんの少し、ほんの一時でもいいんです。あの子がスマートフォンを離して、ゆっくりベッドで寝てくれれば。一晩だけでも」

話を聞いているだけで、とてもそんな大変なところに見守りになんて行けない、と思った。

「私には自信がありません。ご両親でさえ説得できないのに、他人の私なんて」

彼女は目からハンカチを離した。

「ごめんなさい。一晩寝かせるなんて、確かに無理ですよね。でも、ただ、一緒にいてくれればいいんです。あの子が、マンションで一人っきりでスマホを見つめているかと思うと、つらくて」

「ご実家に帰られることは考えてないんですか」

「ええ。もちろん、それも話し合っています。ただ、まだ大学にも在籍していますし、しばらくは東京にいたい、と言うので」

そうしているうちに、事態が好転することを親たちも望んでいるのだろう。

「私はどうしてもはずせない所用があって、一時帰りますので、その間だけ、どうか一緒にいてやっていただけませんか」

祥子と亀山は目を見合わせた。祥子は小さくうなずいた。

「わかりました。この、犬森を行かせます」

「ありがとうございます」

実咲の母親が頭を下げた。

「私に何ができるかわかりませんが」

「いえ、それでいいんです」

　実咲の母親が事務所を出た後、祥子もバッグを持って、「じゃあ、帰るわ。家でひと眠りしてから彼女の部屋に行きたいから」と立ち上がった。

「ちょっと待て」

　思った通り、亀山が祥子を呼び止めた。

　御殿場に行き、角谷が逮捕されてから、祥子と彼はまだちゃんと話していなかった。

「この間の電話……角谷って、大阪の事務所の秘書だよな、逮捕された」

　祥子は振り返らなかった。

「ああいうのに近づけて悪かった。けど、祖父の事務所から、今度のことは偶然だし、祥子に捜査が及ぶようなことはないって言われている」

　角谷のことをどこからどう説明したらいいのか、わからなかった。

　亀山とはなんでも話せる仲のはずだった。けれど、彼が何を知っているのかわからない状態では、安易に気を許せなくなっていた。

「そう」

　たぶん、お坊ちゃんである亀山は、本当にそれしか知らないのだろう。

「知っている人が逮捕されたから、私、びっくりしちゃって」

「本当に悪かった。怖い思いさせて」

「じゃあ、行くね」

最後まで振り返らずに、祥子は「中野お助け本舗」を出た。

実咲をどう扱おう、という策もないまま、家を訪れ、ぼんやりと彼女の横顔を見ていた。

「……見守り屋さんなんですって？」

激しく指を動かしながら、彼女が尋ねた。一応こちらに声をかけてくれる気遣《きづか》いに、また育ちの良さを感じた。

「はい」

「私のスマホ中毒を止めろって言われたの？」

「まあ、そうですけど」

実咲は薄く笑った。

「私のこと、おかしくなったと思ってるんだよね、親は」

なんと答えていいのかわからない祥子は黙っていた。

「帰ってもいいよ」

「え」

「帰っても、あなたがちゃんと来て、朝までいてくれたって言ってあげるから」

「そういうわけには」

「私としてはその方がいいんだけど」

「うっとうしいですか、私」

「まあね」

その間も、一度も目を合わせない。

「あの」

「何?」

「見せてもらってもいいですか、それ」

「何を?」

「スマートフォン。どんなことが書いてあるのかと思って」

やっと実咲が顔を上げた。長い髪、たぶん、伸ばしっぱなしにしている前髪の間から、目がきょろりとのぞく。

「見ない方がいいよ」

「どうして?」

「ひどいし」

「何がひどいんですか」

「やめてくれる？」

「やめる？」

「そうやって、こっちに入って来ようとするの」

「すみません。だけど、単純に疑問なんです。あなたのようにきれいで頭が良くて、ご家庭にも恵まれた人が、そんなに人の言うことを気にするのは、いったいどういうことを言われたのか」

「だから、ひどいことだよ」

「ずっと続いているんですか」

「まあね」

「その騒動って言っていいのかな、それが起こってから二ヶ月以上経《た》ってますよね。それからずっと？」

「うん」

「結構、長いですよね。そんなに続きます？　皆さん暇人なんですね」

「そんなこと言ったって仕方ないよ、実際、続いているわけだし」

「いったい、ネットのどこで?」

「まずは、昔からある、そういう噂話を書き込む掲示板だよね。私の名前とか『ミスキャン・スキャンダル』とかでたくさんスレッドが立っている。独身の男の人が書き込むところもあれば、主婦の人たちが主なところもある。それを全部見て回らないと。私の個人情報とか、中高生の時の写真とかアップされたこともあるから」

「最近、聞かなかったけど、そういうの、まだあるんですね。でも、見つけたところでそれをどうしようって言うんですか」

実咲はまた、スマホに戻ってしまった。祥子の質問が聞こえたはずなのに答えなかった。

「それからもちろん、ツイッターとかインスタとかも。そういうのはさ、さすがに私の本名とかあだ名とかでは書き込まれないから、符丁《ふちょう》っていうの? ひどい名前付けて私のこと、呼んでる。初めはAVだった。AV、今日、学校来たよ、図々しいよね、とか」

「でも、AVに出ているわけじゃないでしょ?」

「ないけど、ニュースサイトに『AVに出ていた、ミスキャンの候補者もいた』って書いてあったから、それと混同しているんじゃないの? わざとかもしれないけど」

「そんな」

「まあ、どっちでもいいよ。次の瞬間から、私は『ずう子』って呼ばれるようになった。あんなことがあったのに、図々しく大学に来てるから」

実咲が少しだが内容を教えてくれた。

「それから、ネットニュースにもなって、そこにコメントとか書き込めるようになっているところもあるからそれとかも見ないと。個人のブログとかもあるし」

「確かに、それだけいろいろあれば見て回るのに時間がいくらあっても足りないですね」

「でしょ」

ほんの少し、ごくごくわずかだけど、彼女の声にわかってもらえて嬉しいという響きが混ざっていたような気がした。

しかし、祥子はそれ以上何を言っていいのかわからず、黙ってしまった。

「やっぱり、大学に戻らない方がよかったのかな」

祥子は答えられなかった。

「大学に行ったら、相変わらず、ダサいバッグを持ってるよね、って書かれて。ダサバッグって呼ばれた。それ、入学式のために父親に買ってもらったやつなんだよ。確かに三年前のものだから古いでしょ。だから、親に言って、ブランドものの一番新しいやつ、買ってもらったら、今度は『愛人に買ってもらったんじゃない？』って言われて。次は『愛人』」

「堂々巡りだね」

「うん」

「どこかに訴えたら？」

「え」

それは、祥子たちと母親との話し合いの場でも提案されていたことだった。

「大学とか、警察とか。ちゃんと弁護士付けて訴えれば」

亀山は「ネットの中傷は処罰の対象になるんです」と言っていた。

もちろん、実咲の親たちがそれを考えていないわけもなかった。

「やだよ、絶対やめて」

「どうして？」

「友達を訴えたりしたら、本当に友達じゃなくなっちゃう。それにもしかしたら、その子たちじゃないかもしれないし」

実咲はまだ、いつかは元に戻れると思っているのだ。

「誰だか、わかっているの？」

彼女はまた黙ってしまった。

それもまた、彼女の母親が言っていたことだった。どうも、実咲自身には中傷している、主だったメンバーはわかっているようだ。だけど、その名前だけはどうしても言わないのだと。

「あのね、それでも、この頃少なくはなってきているんだよ」

「本当に？」

「うん。やっぱり、時間が経ったから。就職活動もそろそろ始まるし」

「よかったね」

「いつか終わるかも。そのうち」

止まない雨はない。

そう口に出掛かって、でも、それはただの気休めに過ぎないと思うと言えなかった。

「ずっと信用していた人が、信用できなくなったこと、ある？」

実咲がまたスマホを見ながら言った。

「たぶん、ある」

元夫のことを思い出しながら言った。

「その時、どうした？」

「……ただ、見つめていた。その状態をただ見ていた」

「私も同じ」

「わかった」

その日の夜はそれだけだった。スマホを取り上げることもできなければ、実咲を寝かせることもできなかった。

ただ、見つめていた。彼女を。

それだけでも、少しでも、彼女の両親の気休めになれば、と思った。


小山内が指定した店は、神保町の大きな書店の地下にあった。

「どうぞ。こちらのランチメニューでもいいですし、他のメニューでも」

彼はメニュー表を広げて、祥子に差し出してくれた。

本日のランチには、トンカツや秋鮭《あきざけ》のピカタ、ホタテのフライ、シャリアピンステーキなどが並んでいる。他に、定番のランチとして、一番人気らしい和風ハンバーグ、ロールキャベツやカニクリームコロッケ、さまざまなサンドイッチなどがあった。

——どうしようかな。ハンバーグもピカタもそれぞれ魅力があるし。

飲み物にはランチビールやランチワインがあり、ビールはたった二百五十円ながら、ブラウマイスターやハートランド、一番搾りスタウトなどを選ぶことができる。

――ランチビールはめずらしくないけれど、これだけの種類から選べるのはすごくありがたい。

他にたくさんの種類の瓶ビールや、ビットブルガーというドイツの生ビールもそろえていた。

また、料理には豚のアイスバインもあった。もちろん、昼から一人で食べるわけにはいかないような特大サイズだ。

――いわゆる洋食のランチには惹《ひ》かれるが、せっかくなのだから、ちょっとドイツっぽいものを食べたい。

「では、ジャーマンセルフサンドとランチビールをいただきます。ビールはブラウマイスターで」

小山内は和風ハンバーグを選んでいた。

「それは大変ですね」

仕事のことを聞かれて、今朝まで一緒にいた実咲のことをかいつまんで話すと、彼は大きくうなずいた。

「ネットのいじめってテレビなんかでよく聞きますが、本当にあるんですね」

「ええ。私も驚きました」

「私たちの時代なら、教室の中やグループの中で完結していたいじめが、ある意味、全世界に拡散される。つらいし、怖いでしょうね」

「もちろん、教室内のいじめだって、つらいのは変わりないでしょうが。今はさらに晒《さら》しものになるような恥ずかしさなんかも強いと思います。地元や過去の友達や親戚なんかにも知られてしまうのですから」

祥子は考える。実咲との仕事はあと二日。今夜も彼女の部屋に行かなければならない。

昨夜は何もできなかった。今日は少しでも実咲に近づけるだろうか。

「私にできることなんてあるのかな、と思ってしまいます。まあ、親でも解決できないことを、昨日今日、現れた他人ができるわけないんですけど」

「でも、親には話せないこともありますよね。特にいじめの問題って、そうじゃありませんか。そう悲観しないで」

確かに、いじめや中傷は、恥ずかしさや親を心配させたくないあまり、口をつぐんでしまう。他人の方が話しやすいことがあるはずだった。

「そうですね、少しでも吐《は》き出してくれればいいのですけど」

運ばれたオープンサンドを前に、ため息をついてしまう。

塩漬けの豚肉の固まりが入っている、ハムのようにスライスしたソーセージ、アウフシユニットや生ハム、サニーレタス、トマトなどの野菜、黒パンが一皿に盛ってあった。シンプルだけど、美しい一皿だった。

本来は野菜とハムをパンに自分で挟んだり載せたりして食べるのだろうが、まずは、アウフシュニットだけを食べてみる。

やわらかなミンチの肉の中の、こりこりした歯ごたえが楽しい。ブラウマイスターのビールにももちろん、よく合う。

それは、実咲のことばかり考えていた、祥子を少しなぐさめた。

「私のような職業の者はつい、本に解決を求めてしまうのですが」

小山内は少し照れ笑いしながら言った。

「いつものように、祥子さんは黙って隣で本を読んでいたらどうでしょうか。祥子さんが楽しそうに熱心に読んでいたら、彼女、興味を持ってくれるかもしれません。スマホから目を離して、本を読んでくれたら、少しは解決につながるかも」

「少しどころか、そうなったら、どれだけいいか」

「そういう時は、あんまり傍《はた》からじっと見つめられ、観察されているようなのはつらいかもしれませんよ。ネットの中で監視され、家でも両親や祥子さんに監視されるのは」

「なるほど」

「少し放っておくくらいがちょうどいいのかもしれません」

「そうですね。なんの本がいいでしょう。最近は介護のテキストを読んでることが多いんですけど違う方がいいかしら」

「テキストや文庫本より、大きめの本、単行本がいいかもしれません。全集の一冊なんかもいいかも。いかにも本を読んでいる、って感じでしょ」

本の大きさ。それは考えなかった。

「ミステリーみたいな、どんどん続きが読みたくなるようなものがいいかな。それとも生き方を考えるような哲学書とか」

「生き方を考えるのは、まだ早いかも。最初はやっぱりミステリーがいいかもしれません。執事が密室で主人を殺すような、ちょっと現実離れした本格ものとか」

「それはいいですね」

やっと調子が出てきて、祥子は黒パンで野菜と生ハムを挟んでみた。

パンには少し酸味があり、ハムによく合う。ビールも進んだ。グラスのランチビールはあっという間になくなってしまった。

「おかわりをどうぞ」

小山内が、また、アルコールのメニューを差し出す。

「すみません」

―店のおすすめのドイツの生ビールには強く惹かれるけれど、これだけ海外の瓶ビールがたくさんあると、そちらもいいなあ。普段、あまり飲まないし。

メニューには文豪ゲーテが愛した黒ビール「ケストリッツァー」だとか、女性にお勧めのレモン風味のビールなどが並んでいる。

「このレモン風味の、ラドラーっていうの、お願いします」

運ばれてきたのは緑の小瓶で、ラベルにレモンの絵が描いてある。瓶だけでも、女性向けでとてもかわいい。

一緒に運ばれたグラスにそそいで、一口飲んだ。レモネードのような甘くさわやかな味わい。いくらでも飲めそうだ。

「小山内さんと話していると、どんどん、解決策が見つかりますね。さすが編集長だなって思います、いつも」

「いや、そんな」

彼は本当に照れて、顔の前で手を振った。

「前の、娘への手紙もそうだし……博識なだけじゃなく、世間をよくご存じだから」

「だとしたら、祥子さんが聞き上手で、相槌《あいづち》上手だからだと思いますよ。私一人で考えているのではなく、一緒に考えているのだから」

「すごく助かります」

「そう言ってもらえると私も嬉しい」

今日は小山内とよく目が合う、と思った。

「あの、母のことですが」

「あ」

元箱根の老人ホームに併設された病院に入っている元子を、祥子が訪ねたのは、数週間前が最後だった。

「そろそろ」

そこまで言って、小山内は上を見た。言葉を探しあぐねているようだった。

「そろそろ……むずかしいことになるかもしれません」

むずかしいこと。

危ないだとか、旅立つだとか、死をめぐる婉曲《えんきょく》表現はいろいろあるけれど、それほど優しく、遠回りな表現を聞いたことはない、と祥子は思った。

「そうですか」

「この間、祥子さんが見舞ってくださったあと、ほとんど意識が戻っていません。まあ、見た目は小さないびきをかいて寝ているような感じなので、私も当初は病院につめていたのですが、危篤《きとく》状態には違いないんだけど、今すぐではないと先生に言われて、一度こちらに帰ってきました。それから週末だけ行っています」

「ええ」

「手足も顔もかなりむくんでしまって。面変《おもが》わりして、母じゃないみたいなんです。だからでしょうか、なんだか、現実感がなくて」

「そうですか」

それしか言えなくて、祥子はうなずいた。

「本当に危なくなったら、呼び出してもらえるようにしているんです」

「はい」

「それでいいんですかね」

小山内は腕を組んで、斜め下に頭を傾けた。

彼が祥子にアドバイスを求めたのは、これが初めてのような気がした。

「ずっと一緒にいてやることも完全に不可能ではないのです。長期休暇を取れば……でも、本当に見た目はいびきをかいて寝ているだけで、何時間いても変わらないのです。それに、さすがに雑誌の校了前は会社にいないわけにはいかないし、今から転院させても母を苦しめるだけだし」

一瞬のうちに、いろいろ考えた。最後の数週間をずっと一緒にいてあげた方が、小山内は気が済むのかもしれない。あそこまでした、精一杯看病したと思うことが、人には時に必要だ。でも、元子がそれを喜ぶだろうか。人の上に立つ立場上、そんなに席を空《あ》けていいのか。

「いいと思います」

口から出たのは、そんな言葉だった。

今、小山内はただ、肯定されたいのだと思った。

「小山内さんは十分立派にやってると思います。お忙しいのに、なんども足を運ばれていて、それだけでもかなりご無理されているんじゃないですか」

「元子さんもそう望んでいると思います」と言いそうになって、軽すぎるかもしれないと口をつぐんだ。今はそれがふさわしい状況だとはわかっていても。

「ありがとう」

たぶん、彼もまた、祥子が「彼が聞きたい言葉を言ってやろう」と思っていることがわかっている気がした。

しばらく、二人は黙って食べた。

「それから、樋田先生のことですが」

「あ」

それもまた、祥子が聞きたいことの一つだった。

「実は」

亡くなった、と言われることを予想し、覚悟を決めた。

「あれから持ち直されましてね」

「え」

申し訳ないと思いながら、純粋に驚きの声が出た。

「もう、病院を自分の足で出ることはないと、ご本人も考えていらっしゃったようですが、また、ちょっと小康状態に戻られました」

「それはよかった、本当に」

「痛み止めを大量に飲まなくてはいけないし、もちろん、ご家族がついていらっしゃいますが、家に戻られたら、なんだか、生き生きされてきて」

やっぱり、豊洲にも行ってみたい。

最近は、そう言っているらしい。

「豊洲に」

「ええ。先生らしいでしょう。私が行かなくちゃあ、豊洲が始まらない、だなんて、うちの若い編集者に冗談まで言ったそうで」

「よかった」

心の底から絞り出したような声が出た。元子の話のあとだけに、自然に、目に涙がにじんだ。

「また、祥子さんにも来てほしいそうです。おいしいものを食べた話をしたい、と」

話を聞かせてほしい、ではなく、話をしたい、と。

「もちろん、この状態がいつまで続くかわかりません。年内がひとつのヤマではないか、と医師は言っているそうです」

「本当に、豊洲に行かれたら、どんなにいいでしょう。築地から豊洲まで車でたった十分ほどだというニュースを見ました」

これらのニュースも無駄じゃなかった。

「ですよね。私たちもそれを望んでいます」

「私も豊洲に行かれた、先生の話を聞きたいです、とお伝えください」

別れ際に、「母のこと、また、連絡していいですか」と小山内に尋ねられた。

「ええ。もちろん」

「それから、ちょっと落ち着いたら……」

彼は何か言いかけて、そして、それ以上言わずに、「では」と会釈した。

その夜、ミステリー小説を読む祥子の横で、実咲はやっぱり、スマホを凝視していた。まだ、こちらに興味を持ってはくれない。けれど、祥子はいつかこちらに目を向けてくれたら、と願いながら、その液晶画面の光に照らされた白い横顔を見ていた。

第七酒　中目黒　焼き肉

「母は、夜の不動産屋さんなんです」

日暮里の山口黒江の家には、あれから何回か呼ばれている。ちょうど、これまで来てもらっていたお手伝いの女性が、これからは定期的なお休みを増やしてほしいと言ってきたらしい。

顔を合わせる度にクロエともだんだん気安く口を利《き》く仲になっていったが、時々、むっつりと黙り込んだり、つんけんした返事しかしない日もあった。

それはいかにも年頃の中学生らしい態度だと思って、祥子は見守っていた。

反抗期にさしかかり、きっと、彼女自身も自分のどんどん変わっていく肉体と精神、そして「不機嫌さ」を持て余しているのだろう。また、彼女が祥子に気を許していなかったら、これまでの如才《じょさい》ない態度を崩すこともなかったはずだから、悪い気はしなかった。

その夜は、クロエが手作りのお菓子を学校に持って行きたい、と言い出したので、家にあったりんごを細かく切って、ホットケーキミックスとヨーグルト、砂糖を混ぜるだけでできるケーキを教えてあげた。北海道出身の祥子の母が得意としていた、というより、家事の合間によく作っていたケーキで、「ヨーグルトポムポム」と呼んでいた。母はフライパンを使っていたが、山口家にはオーブンがあったので、耐熱皿に入れて焼くことにした。

クロエの機嫌が良かったので、彼女の母親の仕事について聞いてみたのだ。

「へえ、そういうお店があるんだ」

「お店は二十四時間やっているんですけど、母は夜の担当なんです。昔から」

「クロエちゃんが小さい時から？」

「子供の頃はお祖母ちゃんが家の近くに住んでいたから来てくれてたし、夜の仕事の方が私と一緒にいる時間がとれるから、って。実際、夜とは言っても、十二時過ぎから朝の五時までで、お給料もいいので」

「なるほど」

うまく探せば夜の仕事の方が子供を引き取れるのかもしれない、と娘のことを考えながらうなずいた。しかし祥子の場合、元夫もその両親もそんなことは許してくれないに違いない。

「母、結構、仕事ができるらしいんですよ」

クロエは平静を装っていたが、口調に誇らしさがにじんでいた。

「そうでしょうねえ」

「今は、夜の時間帯の一番偉い人なんだって」

「すごいわねえ」

「夜の不動産屋なんてめずらしいから、テレビとかにもなんどか紹介されて、お客がたくさん来るようになったの」

「お客さんはやっぱり、夜の仕事をしている人なのかな」

「違うよ。だって、夜働いてたら、来れないじゃん」

「ごもっとも」

祥子は自分のうかつさに笑った。

「結構、普通に日中働いている人が多いらしいですよ。夜の不動産屋なんておもしろそうじゃん、行ってみようか、みたいなノリで来る」

「へえ」

ケーキの種をオーブンに入れると、クロエがはーっとため息をついた。その様子はまだまだ子供っぽかった。

ケーキが焼けるのを待つ間、彼女のＳＮＳ事情も聞いてみた。

「クロエちゃんの学校でも、ネットいじめとか、ある？」

「うちの学校は基本的に、ＳＮＳは禁止なんです。アカウントを持っているだけで停学以上の処分になる決まりです。学校の裏サイトなんて作ったら、たぶん、退学になると思う」

「厳しいのね」

「でも、陰でやる人はやってると思いますよ。大きな話題になったりしない限り、先生は気づかないし、気づいても匿名《とくめい》ならわかるわけないもん。ネット音痴だから」

「ふーん」

「生徒の親でＩＴ関係の仕事をしている人の中には、まるでネットのことを知らないまま世間に出て行くのはどうか、と言っている人もいるんだって」

「まあ、それも一理あるね」

「だから、高校生になると、ＳＮＳとかネットのことを道徳の授業の中で勉強するの。詳しい親を呼んで講演してもらったりして」

「対策は立てているんだ」

「でも、たぶん、それだけじゃ無理だと思う」

「むずかしいねえ。すべてをオープンにするのもどうかと思うし、かといって、全部禁止なのもね」

この年頃の子を持つ親も学校の先生も迷っていて、なかなか答えの出ない問題に違いない。

「それとは別に、裸の写真とか、絶対、人に送ったり、ネットに上げたりしちゃだめ、って言われている。それは小学生の時からずっと」

クロエがさらっとそんなことを言ってくるので、祥子の方がどきどきしてしまった。

「それは絶対だめよ。写真を撮るのもだめ。スマホとかから流出するかもしれないし、一度、ネットに流れたら、それを消去するのは不可能に近いんだから」

「そのぐらい知ってますよ。うちらは皆、子供の頃から耳が腐るほど言われているんだから」

「それなら、よろしい」

「だいたい、恥ずかしいよね。裸の写真、撮るなんて」

信じられない、何考えているんだろう、とクロエは唇をとがらせた。

そこにはまだ恋を知らない、幼さと清潔さがあった。

「僕のことを縛ってほしいんです」

財前蒼太《ざいぜんそうた》は真剣な顔で言った。

「え」

「え？」

祥子が聞き返したのに対して、彼の方が驚いたように、同じ音を発した。

「どういう意味です？」

「そういうことをしてくれるんじゃないんですか？」

また、声が重なってしまった。

それで、次は二人ともしばらく相手の出方を見るため、相手の顔をうかがう、不思議な間《ま》ができた。

場所は池尻大橋《いけじりおおはし》の小さなアパートだった。木造で和室の六畳一間。キッチン（と言っても、小さな流し台とガス台のみ）はついているけれど、トイレとシャワーは共同という物件で、祥子でさえ「こういう街に、今時、こういうアパートってまだ残っているのね」と言いたくなるような部屋だった。

「あの、社長さんから僕のこと聞いてますよねえ？」

蒼太は心配そうに祥子の顔をのぞきこんだ。

「まあ聞いてますけど……」

「じゃあ、わかりますよね」

「でも、縛る……？」

「腕でも体でも、僕が動かないよう、縛ってほしいんです」

「そこまで深刻なんですか」

「はい」

蒼太の顔を見ると、確かに真剣な面《おも》もちである。

「本当に？」

「思いっきり、やっちゃってください」

「紐《ひも》とかロープとか……手錠とか拘束できるもの、あります？」

蒼太は押し入れの（そのふすまもかなり古びて、変色していた）中からロープを取り出して、祥子に渡した。ブルーの、いかにも「ロープ」というような代物《しろもの》である。

「こんなもの、よく家にありますね」

「僕、前はアウトドア派だったんで。一度始めると、こういうものもすべてそろえないと我慢できないたちなんです。形から入るんで」

「じゃ、やりますよ」

「はい、お願いします！」

祥子が彼の後ろに回ると、自ら両腕を背中側に、クロスして差し出してきた。

――時代劇で、素直にお縄をちょうだいする、っていうのはこういうことなのかな。

しかし、人の腕など縛ったことがない。手首のあたりをぐるぐる巻きにし、どうにか蝶《ちょう》結びを作る。

「ぐっとやってくださいよ。ひと思いに」

「はい」

ぐっとやってくださいと言われても程度というものがある、と祥子は思った。

案の定、引っ張りすぎたのか、手首に縄が食い込み、「イテテ」と蒼太に顔をしかめられた。

「あ、ごめんなさい。慣れてないもんだから」

「いえ、大丈夫です」

「あ、トイレ行きました？」

「さっき行ってきました！」

元気に答える蒼太に、「遠足ちゃうで」と内心つっこんだ。

結びあがった腕を彼は首をひねって斜めに見下ろして、「蝶結びかあ」と情けなさそうにつぶやいた。

「でも、こうしとかないとあとで解《ほど》けないと困りますからね」

「なんか、イメージ違うけど。まあ、仕方ないか」

結び終わると、蒼太はぺたりと畳《たたみ》の上に座り込んだ。

「あとは、朝まで、よろしくお願いします」

「はあ」

「祥子さんも座ってください。あ、すみません、座布団出すの、忘れてました。押し入れの中にあります」

「開けていいんですか」

蒼太の許しを得て、取り出すと、畳の上に敷いて座った。

——今日の客は若い男だけれど、襲われたりする心配はまったくないから行ってこい、と社長が言っていたのはこういうことだったんだな。

腕を縛られた男と二人、向かい合っていると不思議な気持ちになってきた。

「これからどうしますかねえ」

「どうとでも。財前さんがお休みになりたいなら、どうぞごゆっくり」

「いや、せっかく、女性が部屋に来ているのに、それはつまんないじゃないですか」

相手が後ろ手に縛られているのでなければ張り倒しているところだ。

「秋の夜長に」

「秋の夜長に？」

「まあ、まずは僕の病歴でも聞いてもらいますか。それから僕のことは、蒼太と呼んでください」

彼はなんだか楽しげに言った。

「今夜の客なんだがな」

社長の亀山は電話で連絡してきた。

「うちの父親の会社のお得意さんの息子なんだよ」

「へえ」

最近、親が子のために見守りを頼むことが増えている。それだけ、親は子供が心配で、子供もあまり成長していない、ということか。

「男の人……？」

「男と言っても、大丈夫、襲われたりする心配はない」

「そうなの？」

「そこは大丈夫だ。ＩＴ関係の会社に勤めている二十五歳独身で、買い物依存症の診断を受けている」

「買い物……聞いたことあるけど、実際にそういう人に会うのは初めてだわ」

「俺もだよ」

「しかも、男の人なの？　買い物依存症は女性のイメージがあったけど」

「だよな。だけど、実は男にも多いそうだ。財前蒼太は大手のＩＴ企業に勤めてて、結構、給料もいいらしい。それなのに、もうカード破産寸前まで二回行っている」

「二回？　二回も？」

「ああ、一回目は負債額が数百万になり、自分では払いきれなくなって、親に泣きついたんだと。仕方なく親が払ったらしいが、二回目はさすがに親も突き放し、会社の給料を差し押さえられそうになって、総務部にも連絡が行った。結局、その時、金は返せなかったが、それ専門の弁護士を付けて、月々の給料から直接引き落としで返済するように示談が成立して解決した」

「それでも会社は置いてくれているんだ。優しいね」

「最近はそういうの、多いらしい。人手不足でもあるし、一度くらいの失敗なら見逃してくれるらしいよ」

「実際はほとんど二度目じゃん」

「蒼太もそのあとはまじめにやっていたけど、昨日、彼から親に連絡が入ったんだって。

アパレルのネット通販のサイトにはまりそうで怖いって。一度、どうしても新しいネクタイが必要で、そこで買ったんだってさ。これまで彼がはまってたのは、デパートに行ってブランド品を買うことだから、店舗に足を運ばなければ大丈夫だと思ってたらしい。けれど、それから、セールの案内やら、新製品の紹介やらの宣伝メールが入るようになって、誘惑に負けそうだと」

「で、どうして今夜？」

「今夜八時から、そのサイトのお得意さまを対象にした、秋の大セールの初日なんだと。買い物しないように、どうしても見張っててほしいって」

「そんなのメールが来ないようにすればいいんじゃない？」

「一度セールと知ってしまったら、買い物をしない自信がないと本人が言っているらしい」

両親はとにかく、息子のカード破産だけは免《まぬか》れたいらしい。破産してしまうと官報に名前が載るし、最近は、それをネットでもチェックできるそうだ。

手を縛られた蒼太は、その奇妙な姿を恥じらいもせず、思いの外《ほか》嬉しそうに話している。

「うちの親、結構、厳しいんですよ。大学時代も余分なお小遣《こづか》いとかくれなくて」

それにしては、息子の借金の尻拭《しりぬぐ》いをして、弁護士も付けているんだから、どこまで信じていいのか。

「それが会社に入ったら、いきなりひと月三十万くらいもらえるじゃないですか。あ、うち、結構、給料良くて有名なんですよ。クレジットカードもすぐに作れたし……最初は何を買ったかな。たぶん、初めての給料で、会社用の鞄《かばん》だったと思う。それまでは大学時代のデイパックを使ってたから、伊勢丹《いせたん》のメンズ館のバッグ売場に行って。あそこの店員さんて、皆、すごくかっこいいんですよ。びしっと体に合ったスーツ着て、でも、物腰は柔らかくて、商品知識とかめちゃくちゃあって、親切に相談に乗ってくれて、本当に『買い物って楽しいなあ』って思いました」

「それが地獄の一丁目だったわけですね」

「イヤだなあ、祥子さん、怖いし、古いこと言わないでくださいよ。伊勢丹は三丁目だし。それから、毎日のように伊勢丹で買い物するようになりました。ああ、その頃はもっと会社に近い、麻布《あざぶ》に住んでいたんです。新築じゃないけど、築浅のデザイナーズマンション」

「でしょうね」

「店員さんのスーツにあこがれて、次はスーツを買いました。冬になるとコート買って。カシミアはさすがに無理だったので、ウールでもイギリス製のすごく手触りのいいやつ。靴やシャツも少しずついいものを買って」

「仕事はうまくいってたんですか」

「ええ。結構、うまくいってました。でも大きな仕事を任されると、うまくいくかなあって不安になって、つい伊勢丹に寄っちゃうんです。そして、仕事で成功すると、その高揚感でまた買い物を……。自分へのご褒美《ほうび》っていうのが僕、大好きで」

ついでに、自分のことも大好きなんだろうなあ、と祥子は思った。

「しばらくすると、ほとんどのものは一通りそろったんですけど、何か買いたいって気持ちはもっと大きくなってきたんです。もう、買うものないかなあ、って思っている時に、すてきなスーツケースを見つけたんです。イギリス王室御用達の。そこの売場のおじさん店員がまたかっこいい方で。大中小と、給料が入るごとにサイズ違いで買いました。海外出張とかまだないんですけど。それから、その隣に帽子売場があって、そこにもまた渋い店員さんがいて、思わずじっと見ていたら、『ちょっとかぶってみますか』なんて言われて、かぶったら、結構、似合ったんですよ。僕、頭の鉢がでかいのが悩みで、帽子なんて絶対無理だと思ってたんだけど、その人が勧めてくれるのをかぶると、顔が小さく見えるんです。帽子にも一時期はまりました」

「帽子なんて、どこにかぶっていくんです？」

「それが結局、外でかぶったことがなくて。一度だけ、大学の同窓会にかぶっていったんだけど、直前になって恥ずかしくなっちゃって、駅のロッカーに預けました」

「そんなに買い物したわりに、この部屋には物がほとんどありませんね」

「借金を整理した時、結構、処分しました。それから、実はここの隣に部屋をもう一つ借りて、荷物を置いてます」

「え。もう一つ部屋があるの？」

「そうですよ、じゃなきゃ、さすがにこんなところに住みませんよ」

「ここ、いくらですか」

「四万ちょっとかなあ。このあたりじゃ、破格でしょ」

　なんというか、この蒼太もいろいろがんばっていると思うのだが、今一つ、詰《つ》めが甘い気がする。依存症に対してもそうだし、他のことにしても。もっと徹底的にやればいいのに。

「……あの、祥子さん？」

「なんですか」

彼が甘えるようにこちらを上目遣《うわめ》いで見ていた。

「水、飲ませてくれませんか、喉《のど》が渇《かわ》いたので」

「ああ、はいはい」

祥子は、彼の言う通りに小型冷蔵庫を開け、ミネラルウォーターのペットボトルを出して、飲ませてやった。

「ちゃんと口に当ててくださいよ。そうそう」

また、どこか楽しげに蒼太は喉を鳴らして水を飲んだ。

「ああ、子供の頃、お母さんに飲ませてもらってたみたいで、楽しいなあ」

本当に……この男、反省というか、どこか本気度が足りない。

「他に、何かやってもらってもいいですか。ご飯も食べさせてくれませんか、あと、着替えとか……」

「調子に乗らないでください。一度、縄を解いて食べればいいでしょ」

「すみません。なんか、このシチュエーション、どきどきしちゃって」

祥子がきっとにらみつけても、どこ吹く風で、笑っている。

線の細い、現代的なイケメンで、きっとそこそこ女性にもてるのだろう。さわやかな容姿だから、セクハラぎりぎりの発言も、正直、そう不快ではない。

――本当に、顔がいいって、男でも得。

しかし、大きな仕事を任されると不安になることといい、帽子をかぶらなかったことといい、どこか、自信がもてない人なのかもしれない。

「彼女にやってもらいなさい」

「そんなこと、頼めませんよ。彼女にはカードの借金のことも秘密だし」

さらっと、当たり前のように女がいることを認めた。こちらの方面でも苦労したことのない男なんだろう。

「じゃあ、この部屋には連れてきたことないの？」

「連れてこれるわけないでしょ。いろいろあって、実家に戻ってるって説明して、会うのは彼女の部屋か、ホテルにしてます」

「なるほど」

ふっとこの男に、小松実咲について相談してみたくなった。

彼はまがりなりにも、いや、六本木《ろっぽんぎ》にある有名なＩＴ企業の社員なのだ。もしかしたら、ネットへの画像流出のことについて、詳しいかもしれない。その対処法、さらに、ネット上からの削除の仕方についても、いい考えがあるかもしれない。

けれど、相談の仕方がむずかしい。

クロエと違って、彼は実咲と歳が近いし、何より、どこか口が軽くて信用できないところがある。実咲と特定されないよう、気をつけて話さなければ。

——根は悪い子じゃなさそうなんだけど。

祥子は彼に向き直った。

「あのさ、これは仮の話よ」

「かり？」

蒼太は小首を傾《かし》げて尋ねる。

「そう。例えば、例えばの話よ？」

祥子は蒼太の顔色をうかがいながら、尋ねた。

「ネットいじめとか、写真の流出とか、あなた詳しい？」

「まあ、こういう仕事をしていますから、知らないわけじゃないですけど」

「いえ、知り合いの方がね……お気の毒なんだけど、お嬢さんの写真がネットに出てしまって」

「やらしい写真？」

蒼太がちょっとニヤつく。

「ああ、そういう態度なら、もう話さない。本人や家族は本当に苦しんでいるんだから」

「あ、すみません」

わりに素直に、彼は謝った。

「確かに、そういうの、当事者にしたら大変な問題ですよね。だけど、僕らは毎日のように何かしら聞くから、ちょっと麻痺《まひ》してるところもありますね」

「そんなに、あるの」

祥子は、部屋に閉じこもる実咲の姿を思い出した。あんなふうになっている子は他にもいるのか。

「まあ、最近は、ちょっと目立った女の子がいたら、とりあえず、ネットで過去の画像やなんかを検索するのが普通になっちゃってますからね。ああ、女の子に限らず男もですね。この間も、ある会社の不祥事に巻き込まれた男が、学生時代にゲイビデオに出てたことが話題になっていました」

「なるほど。それでさ、そういう写真を回収したり、そこから尾ひれを付けて誹謗中傷《ひぼうちゅうしょう》を流している人を特定したりすることってできるの?」

蒼太は後ろ手に縛られたまま、という、傍《はた》から見るとかなりしまらない格好で、でもまじめな顔で考え込む。

「うちの会社にも結構、そういう問い合わせがくるらしいんですよ。名前や画像を検索エンジンから外して欲しい、とかね。前に聞いたんですけど、まずは警察のサイバー犯罪対策課に問い合わせて欲しいって話しているみたいです」

「警察か」

それは実咲が嫌がるかもしれない。

「で、これは、その警察関係の人にうちで講習してもらった時に聞いた話なんですけど」

「ええ」

「まあ、そういう写真って流しているのが誰かっていうのは、ほぼわかることが多いわけじゃないですか、被害に遭《あ》った当人には」

「うーん」

それを教えてくれないから困っているのだが。

「少なくとも、だいたい何人かには絞れるでしょう」

「まあね、たぶん」

「その人に連絡して、警察署の名前を出して、『今、写真が流出している。その件で警察にも相談した。何か知ってたら教えて欲しい』とか『そちらにも警察が聞き込みに行くかも』って話をすると、ほとんど、十中八九、削除されるらしいんですよ」

「へえ、そうなんだ」

「まあ、それでもやまないってことになったら、弁護士なり警察なりに話した方がいいけど、意外に、そのぐらいで犯人はびびって写真を削除するらしい」

「でも、その子や家族が、警察を嫌がる時は？」

「だから、警察に通報した、相談に乗ってもらっている、って言えばいいんですよ。実際にそうかどうかは向こうにはわからない。やめなかったら、本当に通報すればいいし」

いいことを聞いたと思った。そのくらいなら、できるかもしれない。実咲さえ説得できればいい。

「中傷の書き込みとかもそうで、警察に調べてもらってる、と一言添えるだけで、削除されたり止まったりするらしい」

「だといいなあ」

「ああいうことするやつらは結局、リアルな世界では何もできないやつらだから。学生なら、警察に捜査してもらって、学校にも犯人を伝える、とかなんとか言えばかなりびびるんじゃないですか。そうやって元から断てば、ある程度時間が過ぎれば、なくなっていくと思いますよ」

「蒼太くん」

「なんですか」

「あなた、結構、使える」

「えへへ」

「伊達《だて》に大手のIT企業に勤めているわけじゃないのね」

「祥子さんがご飯を作ってくれて、食べさせてくれたら、同僚にもっと聞いてあげてもいいですよ。犯人のIPアドレスを調べるくらいなら僕にもできるし、相手を突き止めるなんて朝飯前のやつがごろごろいますから」

「調子に乗るな」

祥子が頭をパチンと叩《たた》くと、「エへへへ」と笑った。

しかし、内心、「これは利用できるかもしれない」と思った。

明け方、蒼太は縛られたまま、眠ってしまった。祥子は押し入れから毛布を出して、かけてやった。

彼の睡眠が深いのを確認して、祥子は部屋を出、近所のコンビニエンスストアで白飯と味噌汁、焼き鮭などを買って来た。部屋に戻っても彼はまだ眠っていた。

祥子は、彼の腕のロープをそっと解いた。彼の寝顔を見て、もう今日は大丈夫だろう、と思った。

フレックスタイムで十時に家を出ればいいのだ、と言っていたので、九時になると彼を起こした。

「あ」

コンビニから買って来たものを出して、皿に並べただけだが、蒼太は朝食に目を輝かせた。

案の定、蒼太の小さなキッチンには、驚くほど洒落《しゃれ》た皿がそろっていた。だから、盛っただけでも、なかなか様になった。こういうものも、雑誌を見たり、デパートで勧められたりして、買ったのかもしれない。

おしゃれな独身男性の、理想の生活を目指して。

「相談に乗ってくれた、お礼。なんとなく、あなたは和食が好きかと思って」

「よくわかりましたね。普段は惣菜《そうざい》パンとかを適当に買って食べるだけだから、パンには飽き飽きしてたんです」

蒼太が食べるのを見ていた。

「また、頼んでもいいですか」

「ん?」

「また、買い物をしそうになったら、祥子さんに来てもらってもいい?」

「いいけど、どうして買い物しちゃうんだろうね」

彼は首を傾げた。

「自分でもわからないんだけど」

「うん」

「想像しちゃうんです。買い物する時、例えば、おしゃれなスーツケースを持って海外出張する自分とか、帽子をかぶって素敵な大人になっている自分、とか。そうすると堪《たま》らなくなって、買っちゃうんです」

やっぱり、今の自分に自信がないのだろう。けれど、それを利いたふうに口にしてもしようがない。

「ちゃんとした専門のお医者さんとかカウンセラーに話した方がいいと思う」

「ですよね」

意外に素直に、蒼太はうなずいた。

亀山から聞いていた。親たちはずっとカウンセラーに相談することを勧めているのに、どうしても彼が嫌がっている、と。

それは彼の考える「素敵な大人の男」とはかけ離れているからなのか。

「祥子さんと話していて、そう思いました。まったく知らない第三者の方が話しやすいなあって」

「それから、彼女にも」

「彼女に何を？」

「彼女にも話してみたら？　今、こういう状況で、こういうところに住んでいるって」

彼はそれには返事をしなかった。

祥子は蒼太の様子に何か深いさびしさを感じていた。それは、身近な誰か……家族か彼女と解決するしかない。

いつまでも、祥子を呼ぶわけにはいかないのだ。

最寄り駅は池尻大橋なのだが、中目黒《なかめぐろ》駅から電車に乗る、と蒼太が言うので、一緒に家を出て歩くことにした。

彼はこのあたりのことをよく知っているようで、「ここのパンはおいしいんですよ」だとか、「ここの角を曲がって、川のそばの蕎麦《そば》屋の、すだち蕎麦は有名です」だとか、教えてくれた。

そして、大きな焼き肉店の前を通った時、「僕、ここの焼き肉ランチが東京じゃ、断トツ、一番だと思います」と指さした。

「ここ？　結構、有名な店だよね？」

そこは、一昔前から芸能人がよく行く、とテレビなどでも話題に挙がるような、焼き肉屋の象徴的存在の店だった。祥子は昼も夜も来たことがない。高いのでも有名だ。

「僕も夜は一、二回くらいしか来たことがないんですけど、昼は時々。切り落としランチっていうのが、肉質も良くていいんですよ。もっと安い焼き肉ランチはもちろんあるでしょうけど、他に行くと、やっぱりここにすれば良かったーってがっかりするんです。肉もいいけど、サラダとか、ナムルとか、キムチとか、付け合わせの食べ物も全部、丁寧《ていねい》に作られていておいしいんですよ。さすが老舗《しにせ》は違うなあって思います」

「へえ」

そこまで熱をいれて語られると、急に興味がわいてきた。

蒼太がパスモで改札を先に抜けていったあと、自販機で切符を買う手を思わず止めた。

――さっきから、頭の中が全部、焼き肉になっている。

焼き肉とか、ラーメンとか、寿司とか。日本で名物と言われる食べ物は、どうしてこんなに脳を強力に占めるのだ。

祥子は手で、頭の中の焼き肉をしっしっと追い払う様子を思い浮かべてみる。

――だめだ。こんなんじゃ、ぜんぜん忘れられない。

時計を見ると、開店までまだ一時間以上ある。それでも、祥子の気持ちは静まらない。

――蒼太の依存症を笑えないな。私も一度考えちゃうとどうしても忘れられない、悪いところがある。食べ物に関しては。

一度、家に帰って、近所で焼き肉ランチを探す、という手もある。

しかし、どうしても蒼太の言葉が忘れられない。

仕方なく、駅前のドトールに入って、本を読みながら開店時間を待つことにした。

――いや、時間をつぶしてまで待つのって初めてかもしれない。

そして、開店時間とほぼ同時に入店した。店内は薄暗く、席はパーテーションで区切られている。何もかもたたずまいがどっしりしている。

――さすが老舗有名店。

四人掛けの広々とした禁煙席に案内される。焼き肉ランチは、蒼太お勧めの、「切り落とし」の他、ステーキだとか、ビビンバだとかいろいろある。

「『牛切落としランチ』ください。それから生ビールを」

「はい」

紺の制服姿の、中年の女性店員の笑顔も優しく、品がよい。

――なんだか、不思議な空間に迷い込んじゃったみたいだ。昭和っぽいというか。

彼女はテーブルの真ん中に埋め込まれた、ロースターの用意をして去っていった。

最初に、ビールが来た。

店の名前の入った、末広がりのグラスに細かい泡のビール。グラスが冷えていたのだとひと目でわかる。

ぐうっとあおると、自然に体の中から「ああ、うまい」という声がわいてきた。

――焼き肉ってやっぱりビールだよね。焼酎もハイボールも合うけど、やっぱり最初はビール。

飲んでいる間に、まず、蒼太が言っていた、付け合わせのサラダやナムル、キムチ、ご飯、わかめスープなどだけが大きなお盆いっぱいに運ばれてきた。

――わあ、焼き肉のお皿は別で、付け合わせだけでこの大きさ、この量の多さ。なるほど、彼があれほどお勧めするだけのことはある。

まず、サラダに手を付けた。ここのサラダのドレッシングはスーパーなどにも置いてある、人気商品である。

――これ、おいしい。商品化されるわけだ。

レタスのほか、キュウリなども入っているが、キュウリの皮が丁寧にむかれ、口当たりがとても良い。

——とても手が込んでいて、蒼太の言うとおり、丁寧に作られている味がする。

キムチに手を付ける。白菜がきれいに層になっている。外側から箸《はし》でつまんだ。

——甘すぎたり、和風っぽかったりしないキムチ。酸味があって、本格的なのに、辛すぎない。

ナムルは四種類、ほうれん草、豆もやし、ぜんまい、人参がきれいに並んでいる。これまた、どれもきちんと作られたナムルで、ほうれん草、豆もやし、ぜんまいは定番の味だが、人参は糸こんにゃくが混ぜられた酢の物だった。これは味が変わっていていい。それに、ぜんまいは、筋などまったくなく、柔らかな上等なものだとわかる。

大きめの茶碗に入ったご飯と一緒に食べた。どれもご飯によく合い、これだけで十分満足してしまいそうなくらい、おいしい。

——いかん、焼き肉が来る前におなかいっぱいになってしまう。それにしても、このぜんまいの、ご飯に合う味はどうだろう。こんなおいしいぜんまい、初めて食べた。ご飯のお供として販売してほしい。

そこに焼き肉の皿が運ばれてきた。白い皿に、サシがいっぱい入ったたれ味の切り落とし肉と塩味のタンが盛られている。そこに長ネギ、パプリカ、シシトウなどの野菜が少し。肉は「切り落とし」の名前にふさわしく、ころころしたような切り方だ。

まずは、もちろん、タンと野菜から網に並べた。

タンにつけるレモン汁は、最初に出てきている。皮をむいた、薄切りレモンと一緒に。

――こういう気配りは、きっと夜の時間帯と同じなのだろう。

タンが、表面だけこんがり焼けてきた。わくわくしながら、箸でつまみ、レモン汁にたっぷりつける。まずはそのまま一口。

――柔らかく、でも、嚙《か》み応えと旨みもしっかりあるタンだ。これはおいしい。

残りのビールを一口でぐびっと飲んでしまう。思わず、テーブルの上のボタンを押して店員さんを呼んでしまった。

「すみません。ハイボールもいただけますか」

にっこり笑って、注文を聞いてくれる。何から何まで、「結構、結構」と言いたくなる店だ。さすがに老舗は伊達じゃない。

二枚目のタンはご飯と一緒にいただいた。これもビールに合う。

タンを食べている途中で、やっぱり、たれ味の肉を食べたくなってしまった。

――ええい、焼き網は大きいんだし、たれも焼いちゃおう。

脂ののった、肉をのせる。切り落としだけに、カルビかロースか、部位はわからないけれど、とにかく、サシがいっぱい入って脂がのっている。

こちらもさっとあぶるくらいにした。

焼きあがった肉に改めてたれをつけて頬張《ほおば》る。

焼き肉だ！　久しぶりの焼き肉だ。

うーん、と舌も脳もうなっている。脂と甘みという人類を堕落させる、究極の毒の味。

――うますぎて、いかん。なんか、もう頭がくらくらしてきたぞ。

蒼太、ありがとう！

あのいい加減なちょいエロM男に手を合わせて、感謝したくなるくらいのおいしさだった。

――こうなってくると、むしろ、悲しい時に食べたい味だ。大泣きしたあと、自分を慰《なぐさ》める時に食べたい。

すると脳裏《のうり》に、いろいろなことが走馬灯のようによみがえってきた。

ついこの間会った時には、一人称が「明里」や「あたし」から「わたし」になっていた、近頃急激に成長してきた娘、元箱根の病院でただ寝ているだけになってしまった元子さん、築地の先生、部屋に閉じこもる実咲……そして、御殿場で別れたまま、逮捕され、どうしているかもわからない角谷……。

――逆だな。泣いたあと食べるのではなく、あまりにもおいしくて、何かが身体から満ちあふれてくる。

祥子は泣いた。自分はこの美味に見合う人間なのかどうか。

と言っても、さすがにごくわずかだ。目ににじんで、指先で拭き取れるくらい。

次々と肉を並べる。焼きあがったものから、ご飯にのせて、がつがつと食らう。新しく来たハイボールを飲む。合間にもちろん、ナムル、キムチとご飯を合わせる。

──まず、実咲だ。必要なら、蒼太にも相談しよう。彼女を少しでも救うことができれば、自分もまた、救われるような気がする。それから、角谷さんも探したい。

このところないくらい、力が満ちてきた。

祥子は最後の一切れを網にのせた。

第八酒　中野　からあげ丼

元子の病院は箱根の山の中腹にあった。

——この人がこうして病院を歩くのは何度目なのだろうか。

小山内学と廊下を通りながら、祥子は思った。

朝の院内はしんと静まりかえっていた。前に元子がいた病棟は、老人病院と言ってもまだ一人で動ける人ばかりだった。寝たきりになってから、四人部屋のこちらに移された。ドアの外からちらちらと見える様子では、ほとんどの患者が眠っているようだった。

そこに何を感じるのか、それは人それぞれだろうが、祥子は「荘厳《そうごん》」または「諦念《ていねん》」とでも言いたくなるような、何か、厳《おごそ》かなものを感じた。

——老人たちはどんな夢を見ているの。良い夢ならいいけど。

「ここです」

小山内が一つの病室の前で、小声で促した。

祥子が彼の後を追って中に入ると、同じような四つのベッドが並んでいて、目を閉じた老婦人たちが横たわっていた。

小山内が先に立ってくれなかったら、だれが元子だかわからなかったかもしれない。確かに彼女は面変《おもが》わりしていた。白い顔はむくんでいて、のっぺりと凹凸がなくなり、目は糸を引いたように細い。それは病室の他の老女も同じだったから、寝たきりになると皆、似てくるのかもしれない。

「元子さん。こんにちは」

祥子が左耳に小さくささやいた。

「お母さん、祥子さんが来てくれましたよ」

小山内が反対側の耳に声をかけた。

それから二人は、ベッドの脇にイスを置き、じっと座って小一時間を過ごした。祥子は布団からはみ出していた、やはりむくんだ手をそっとなでた。小山内は同じように反対側の手をぎゅっと握って、「お母さん！」と小さく呼びかけたりした。

そのたびに、元子の目元がぴくぴくと動いた気がして、小山内と祥子は顔を見合わせたが、それ以上の反応はなかった。

昼近くになったので、小山内は外に祥子を誘った。

「苦しくはないのでしょうか」

病室を出ると、祥子は思わず尋ねた。

「え」

「私たちはつい、声をかけてしまいますけど、どちらの方がいいのかわからなくて、つまり……」

祥子は一度、声をつまらせた。そんなことを言うと、彼を苦しめたり、悲しませたりするのかもしれない、と思いながらも尋ねずにはいられなかった。

「じっと寝ていらっしゃった方がいいのか、声をかけて無理にでも起こした方がいいのか」

「わかりません。でも、祥子さんがおっしゃりたいことはわかります。先生にも伺ったんですけど、もうほとんど何も感じてないだろうって」

小山内はうなずいた。

「だから、ああなったら、こちらがしたいようにするしかないかなって」

「そうですね」

彼が連れていってくれたのは、病院の近くの蕎麦《そば》屋だった。病院の裏には一面、田園が広がっており、その一角に、水車小屋風の蕎麦屋がぽつんと立っている。

「面会に来た時はだいたいここに寄るんです」

これまで祥子が来ていたのは夜だけだったから、この店は知らなかった。驚いたことに、店内はほぼ満席だった。

「町から離れていますが、わりに有名な店なのですよ。このあたりは皆、車で移動しますから少しくらい遠くても関係ない」

見舞い客や病院の職員でここまで満員になるんですか、とつぶやいた祥子に、小山内が説明した。

メニューにほとんど目を通さず、二人そろってもり蕎麦を頼み、話すこともなく、温かい蕎麦茶をすすった。平べったく太めの麺で、ぶつぶつと短めに切られている。いわゆる田舎《いなか》蕎麦の典型のような麺で味と匂いが濃かった。

麺を食べ終わって、店の人が持ってきてくれた蕎麦湯を飲みながら、祥子は見るともなしに店内を眺めた。

レジの棚の上に横幅が三十センチほどの小さ目の水槽があって、ガラスにうっすらと緑の藻がついている。その中に、華やかなオレンジ色の大きな金魚が一匹いた。

それをじっと見ているうちに、祥子はじわじわとおかしな気持ちになっていくのを感じた。

金魚は二十センチほどもあった。明らかにその水槽には不釣り合いな大きさで、魚はほとんど泳がずに、水槽の真ん中にじっと浮かんでいた。水槽が狭いから、そうするしかない。

「ずいぶん、大きいですね」

祥子の視線に気がついて、小山内がつぶやいた。

「ええ」

「金魚は生きている環境に応じて体の成長を抑制するはずなのに、なぜあんなに成長してしまったのか」

「鯉《こい》、かもしれませんね」

「でも、金魚でしょう」

オレンジの色と、尾っぽのひらひらした感じ、胴のぽってりした様は、やっぱり鯉には見えなかった。

「でしょうね」

「あそこにずっといるのでしょうか」

「ねえ。もしかしたら、もっと大きな水槽から移してきたのか……別のところにいたのを連れてきたのかもしれませんね」

「ああ、なるほど」

金魚は何を考えているのか想像もつかないが、ただじっとしていた。

「狭くてかわいそう」

なんだか、いたたまれないような気持ちで、祥子は言った。そう言うほか、言葉が見つからなかった。

「たぶん、彼はほとんど何も感じてないんじゃないかと思います」

小山内は自分に言い聞かせるように少し声を張り上げた。

「ええ。そうですね」

「まあ、彼か彼女かわからないけれど」

午後からまた元子の病室に戻り、しばらくそこで過ごしてから、二人は病院を後にした。

小山内とは、彼の愛車で来ていた。それは、以前、祥子が「買い物に行きたい」という元子の希望で、彼女を乗せて運転したこともある黄色いオープンカーだった。

「帰りは私が運転しましょうか」

祥子は一応、申し出てみたが、彼は断って運転席に座った。

山を下りると、小山内は長い長いため息をついた。たぶん、無意識のうちに出たのだろうと思って、祥子は黙っていた。

休日午後の東名《とうめい》高速の上りは、中途半端な時間だからか、空《す》いていた。

トイレに行きたかったり休憩がしたかったら、遠慮なく言ってくれ、と小山内は何度か丁寧に勧めてくれたが、それ以外はほとんど話さなかった。

都内に入る少し手前で、大型サービスエリアに寄った。

「お茶でも飲みますか」

祥子はあまり喉《のど》は渇いていなかったが、彼を休ませた方がいいと思ってうなずいた。

そこにはコンビニエンスストアから、チェーン系カフェ、牛丼屋、ハンバーガーショップなど、なんでもそろっていた。

カフェに入って、向かい合って座った。

「今日は本当にありがとうございました」

小山内は、もう何度目かわからないが頭を深々と下げた。

「いいえ、とんでもない」

今日は祥子の方が頼んで連れてきてもらった見舞いだった。

「母も喜んでいると思います」

それもまた、何度目かわからない言葉だった。

ほぼ休日の度に見舞いに来ていると聞いて、「一度自分も」と申し出た。彼が毎週一人きりで来ているのを知って、何か、力になりたかった。

もうこういう状態が三ヶ月は続いているはずだった。

「お嬢さんとは、その後どうですか」

じっとコーヒーの表面を見つめていた小山内が急に顔を上げて言った。自分が物思いに耽《ふけ》っていたのを申し訳ない、と気づいたらしかった。

私のことは気にしないでください、と言おうかとも思いながら、明里の話でも聞けば少しは気が紛れるかと考え答えた。

「また、月一回、話せるようになりました。他に、彼らの記念日とか、大きな家具を買いに行く時とか、預けてくれるようになって」

「それはよかった」

祥子は先週末、明里と原宿《はらじゆく》で会った時のことを思い出していた。

義徳たちは、彼らの同僚の結婚式の二次会パーティに行く予定だった。

その同僚は義徳の後輩で、美奈穂の先輩だ。離婚前、家に遊びに来たこともあり、祥子も顔見知りの仲だった。一回会ったきりだが、明るくて気遣《きづか》いのできる人だったと記憶している。美奈穂の電話でそれを知った時、思わず、「まあ、良かった。おめでとうとお伝えください」と無意識に言ってしまい、しまった、と思った。

「あ、はい」

美奈穂は戸惑《とまど》いながらもすぐに相槌《あいづち》を打ってくれた。

「え、いや、機会があったらでいいんですけど」

慌《あわ》てて訂正したあと、美奈穂がすぐに話を変えてくれて助かった。同じ職場で再婚している美奈穂たちが、その過程を知っている人たちに「前の妻がお祝いを言っていました」と言えるわけがない。

気まずくなりそうにはなったけど、それとは別に気持ちがざわつくようなことはなかった。自分も変わったんだ、と思った。

原宿を指定したのは、明里自身だった。休日の原宿なんてどれだけ混んでいるかわからないよ、と忠告したが、それでも行きたい、と言う。

相変わらず、竹下《たけした》通りは芋《いも》の子を洗うようで、若い子たち以上に外国人旅行客の多さに驚いた。ヒジャブを被った、マレーシア系と思われる女性がたくさんいたのにも。

何か一つだけ買ってあげる、と言ったら、雑貨店で妙にキラキラしたバッグとお財布とどちらか迷った挙句にどちらも選ばず、カフェで華やかなパンケーキを食べただけで十分満足したようだった。そのあとなぜか百円ショップに入って帰ってきた。

「莉子《りこ》ちゃん、塾行くんだよ」

「へえ」

「中学は私立に行くんだって」

明里がレインボー色のクリームをなめながら言ったのには、少し心がざわついた。

「明里ちゃんも行きたい？」

明里は首を傾《かし》げた。

「友達が皆、行くなら行きたいかな」

「皆、行くの？」

「今は莉子ちゃんだけ」

「ふーん」

「ママ、美奈穂ママと同じこと言う」

美奈穂は美奈穂ママと呼ばれることになったらしい。

「同じこと？」

「美奈穂ママも、明里ちゃんも行きたい？　って」

「で、なんだって？」

「明里ちゃんも行きたいなら、行ったら、だって」

明里が私立中学に行く、今まで考えたこともない将来だった。

いったい、どれだけ学費がかかることだろう。祥子に払いきれる額ではないことは確かだ。塾に行くだけだって。

「ママ、どうしたの」

気がつくと、沈んだ表情でコーヒーを飲んでいた。

「なんでもないよ」

確か、義徳は、都内の私立中学に通っていたはずだ。娘に同じことをさせたがっても不思議はない。

「ママはどう思う?」

「よくわからないな。ママの田舎には私立とかあんまりなかったし。公立中学でもちゃんとした教育は受けられると思うけど」

子供は成長するのだ。そして、教育費も学費も、どんどん上がっていく。

現実は迫ってくる。けれど、今、沈んでいても仕方ない。無理に笑顔を作って見せた。

「わたしも今は行きたくないよ」

「そう。行きたくなったら、ママにも相談して」

「わかった」

「ねえ、さっき見たバッグとお財布、どっちにするの? それとも、別のものにする?」

話を変えた。

「美奈穂さんとはなんとなくぎこちない関係ですが」

そう、祥子が言うと、小山内はふふふと今日初めて笑った。

「ぎこちない、と言うと」

「時々、季節の挨拶《あいさつ》のメールが来たり」

「ああ」

「それに返信したら、急に長文のメールが来たり」

「へえ」

小山内は不思議そうな顔になった。

「それは、どんな内容の？　あ、差し支《つか》えなければ、ですが」

「どうということもないのです。元夫のことや、明里のことはほとんど書いてなくて、最近観たテレビ番組のこととか、震災時の防災用品のこととか、マンションのベランダから見た夕日がきれいで泣いてしまった、とか」

小山内が首をひねった。

「どういうことでしょう」

「わかりませんけど、その後、返事を書くと、またぱったり返事がなかったり」

「ふーん」

「月一の面会の送り迎えも元夫が来るので、もうしばらく会っていないのですが。まあ、彼女なりにきっといろいろ気を遣ってくれているのではないか、と」

「なるほどねえ」

腹の底から出た、というようなため息を、小山内は言葉とともに吐《は》いた。

「メールもきっと……親しくなろう、仲良くならなきゃならない、と思う時と、なんで、元妻なんかに気を遣わなければならないのか、ってイライラする日があるのではないでしょうか。はっきりわからないですけど」

「元夫の新しい妻との関係が良好だ、という方がめずらしい状態ですから、そのくらいが普通なのかもしれませんね」

「そうですね」

「でも、そんな気持ちに波がある人だと少し心配ですね。明里ちゃんと暮らしているのが」

小山内が眉をひそめた。

「明里は楽しそうにしていますし、今のところつらいとか何も言わないので、きっと家の中では大丈夫なのだと思います」

そう思うことにしています、という言葉は胸にしまった。

彼が言ってくれた心配は、もちろん、祥子もまた、抱いているのだった。けれど、それを小山内の方が先に口にしてくれたことで、祥子は美奈穂の悪口を言わずにすんだ。

小山内には、そういう「配慮」というか「ものごとの感じ方の細やかさ」が、祥子とどこか似ているところがあって、一緒にいるとなんとなくほっとする。

「母も、明里ちゃんのことは心配していて」

小山内が言った。

「そうですか」

「どうしたら、祥子さんと明里ちゃんが幸せに暮らせるかしらねえ、なんてよく言っていました」

祥子は思わず、微笑《ほほえ》んだ。祥子に向かっては、そこまで直接的に踏み込んだことは言わなかった。

「ありがたいです。気にしていただいて」

「それで……あなたがお父さんになってあげれば、とか」

「え⁉」

あまりにも思いがけない言葉を聞いて、祥子はつい声が高くなってしまった。

「あ、すみません。母が言っていたんです。他意もなく、年寄りの考えで」

小山内は少し視線を下げて、たんたんと説明した。

「あなたと祥子さんが結婚すれば、といつも言っていました。特にあの病院に入った頃から。きっと私のことも、あなたのことも心配だったんでしょう」

祥子は本当に喉に声がつまったような気がして、何も言えなくなった。

しばらくして、ここで黙っているのは失礼だろうと気がつき、「そんな……小山内さんも困りますよね、そんなこと言われて……子供がいるような……私のような……人間と」

とやっとつぶやいた。

「いえ」

小山内は小さく否定した後、静かに話し始めた。

彼は若い頃、長く、一人の女性と暮らしていたこと、それは少し年上の同業者で、三十五をすぎた頃、彼女の方から「結婚しないか」と申し出られ一度は決心したこと、でも、自分でも説明のつかない気持ちでなかなか入籍に至らなかったこと、そして、そんな自分に気がついて彼女の方が出て行ったこと。

「ひどい人間だと思います。彼女は本当によくできた人で、何かを察して彼女の方から別れてくれました。その後、彼女は仕事をやめて田舎に帰りました。親の面倒を見ながら地元のミニコミ誌を編集したり、ライターをしたりしていると聞いていましたが、数年前に病気で亡くなりました。ちゃんとご両親も看取《みと》ったあとで……私は、これまで彼女以外、ほとんどちゃんとした付き合いをしてこなかった」

彼は一度言葉を切ると、コーヒーを一口飲んだ。

「罪悪感だなんて言葉で自分を正当化したくありませんし、できるとも思っていません。本当にひどい人間だと思います。でも、そんな自分にも、誰かに責任を持って向き合うことができるなら、それを許していただけるなら」

その言葉が途中から自分に向けられているのだと気づいて、祥子は戸惑った。

「一緒に歩いていきたい」

「はい……」

「熱い気持ち……のようなものはないかもしれません。でも、静かな落ち着いた気持ちで、一緒にいることはできませんか」

最後に、小山内は顔を上げた。その視線に押されるように、祥子の方はうつむいた。

「……すみません、急なことで、びっくりしました」

急なことだから、というだけではない。こんなふうにきちんと交際を申し込まれたことなど、祥子の人生でほとんど初めてだった。元夫とは、子供がお腹にできたから結婚が決まったので明確な意思表示がないままだった。

「そうですよね、でも可能なら、考えておいてください」

小山内にとっても祥子のことを強く愛したり、恋したり、という気持ちがあるわけではないのだろうと思った。ずっと、母親を見守ってくれた感謝、戦友に抱くような愛なのかもしれない。

祥子は最後まではっきりとした返事はできなかった。

亀山から「一度ちゃんと話さないか」という連絡が入ったのは、小山内と元子のところに行って数日後のことだった。

祥子には迷いがあった。改めて話すのは面倒だったし、角谷のこともどこまで話していいかわからない。彼は「亀山の坊《ぼん》には言わないでください」と言っていた……それでも、同じ会社の仲間として、さすがに話し合わなければならないこともあった。

——小松実咲のことも、もう少しつっこんで解決に近づく方法を考えるには、亀山の了解と協力が必要だ。そのためにも、お互いのわだかまりは解いておいた方がいい。

それで、悩みながらもＯＫした。

このところ、お互いに夜の仕事が忙しくて、仕事のない日を見つけて予定を合わせることができなかった。仕方なく、二人とも夜勤明けの朝九時に中野の事務所で話すことになった。

約束の時間に少し遅れて入っていくと、亀山がむくんだ顔でこちらを見た。

「遅かったな。コーヒー買ってきたのに。冷めちゃった」

確かに、彼の手には大きなスターバックスの紙コップが二つ、握られていた。

「カプチーノとカフェラテ、どっちにする？」

しかも飲まないで待っていてくれたらしい。

「ありがとう。じゃ、カフェラテで」

自分の顔も同じようなものだろうな、と思いながら受け取った。しばらく、ぼんやりと事務所のソファに座ってそれを飲んだ。

この仕事は、依頼人のところにいる間はしゃんとしている必要がある。その反動なのか、終わってそこの家を一歩出ると、電池が切れた人形のようになってしまう日があった。

ただ、人を見守っているのも、結構、気を遣うし疲れるのだ。

「昨夜《ゆうべ》、小松実咲のところだったよな」

「どうだった」

「うん」

「相変わらず」

「俺は、新宿の雑居ビルのおじいさんのところ」

亀山は昔からのお得意さんの名前を言った。たくさんのビルを持っている資産家なのだが、おじいさんは最初に手に入れた新宿二丁目のビルの一室に住んでいる。祥子も何度か行ったことがあった。最近奥さんが亡くなり、一人になってからさらに頻繁《ひんぱん》に呼ばれるようになった。

「もう、何をするでもないんだけどな、話もほとんどしないし。ただ、一緒にいてくれ、って言うだけで」

「寂しいんでしょ」

言ってしまってから、祥子ははっとした。日頃はそんな乱暴な言葉で依頼人の気持ちを表現したことはない。皆、寂しいのは同じだ。「寂しい」の一言で片づけるのは、「暇なんでしょ」「バカなんでしょ」とかの言葉と同様、その先の言葉をすべて封じてしまう。何も生まない。寂しいのは当たり前で、その中で何かを彼らは求めているのに。

案の定、亀山は黙ってしまった。

コーヒーをほぼ飲み干した頃、祥子は口を開いた。

「どこからどう説明したらいいのかわからないんだけど」

「ああ」

「……亀山事務所の荷物、運んでたじゃない、私」

「だから、そのことは謝っただろ」

「あなたは、事務所からどんな説明を受けてたの、あの仕事のこと」

亀山の祖父の事務所から依頼された仕事だった。

「え」

「もしかしたら危険な仕事だって思ったりした？　それでも私に仕事を振ってたの？」

「角谷から聞いたのか」

「違う」

亀山はその真偽を問うように、祥子の顔をじっと見ていた。

「もちろん、細かいことは何も知らなかった」

「本当に？」

祥子が軽く反発すると、亀山は小さな声でかぶせてきた。

「実は、多少はやばいことだろうな、とは思ってた」

亀山は頭を下げた。

ごめん。

祥子は少なからず、衝撃を受けた。

そんな仕事を亀山は、知っていて自分に請けさせていたのか。

「ただ」

彼はまた声を上げる。

「ただ、ここまでやばいとは思ってなかった。逮捕者が出るようなことになるとは。しかも、その逮捕者と祥子が直接会うようなことがあるとは思いもしなかった」

「でも、少しは危ないって思ってたんだ」

亀山はしばらく黙ってから、言った。

「そこは本当に申し訳ない。ただ、たぶん、俺らって、そういうところの感覚が普通の人とは違ってるんだ。いや、違ってたんだと思う。じいさんのあいう事務所ってさ、いろんなことがある。本当に、一言では言えないくらい、いろんなことがある。きれいごとだけでは片づけられない」

「そうかもしれないけど」

「政治に金がかかるって言っても、たぶん、普通の人にはわからないだろうな」

「昔はともかく、今はそういうの、厳しいんじゃないの」

「そうだよ。だけど、こっちが変わっても、地元とかの人の気持ちが変わらなきゃ、仕方ないだろ。田舎から人が出てくる。東京事務所に挨拶だって顔を出す。そしたら、手ぶらで帰せないんだよ。最近は厳しいんでって言ったとしても、茶を一杯出しただけでは帰せない。そんなことしたら、亀山事務所はケチだ、あそこはもう終わりだって地元に帰って何を言われるか。結婚式や葬式もそう。結婚祝いや香典を贈ることは原則的には禁止されているけど、当然、裏ではいろんなお金が動いている。そういうぎりぎりのところであの人たちはやっている」

まあ、そんなの関係ないよな、普通の人には。亀山はつぶやいた。

「とにかく、申し訳ない。そういう中で育ってきたから、あの程度のことなら大丈夫かって、高を括《くく》っていたところがある」

「子供がいるんだよ」

祥子は思わず、言い返した。

「私、子供がいるんだよ。それは考えてくれなかったの？　何かあったら、とか、少しも思いもしなかったの」

「だよな。だから、俺が軽率だった。俺の認識が甘かったってこと。正直、祥子に、ちょうどいい小遣い稼ぎになるんじゃないか、って考えてたくらいだった」

亀山は頭を下げた。

「申し訳ない。俺が悪かった。これからは気をつける」

そこまで謝られてしまうと、それ以上、責められなかった。祥子は少し躊躇《ちゅうちょ》したあと、尋ねた。

「……角谷さんはこれから、どうなるの？」

「え？」

「角谷さん、捕まった人」

「さあ……あれは別の事務所の人だし」

「じゃあ、亀山事務所の人に聞いてみて。調べて。彼がどうなるのか、今どこにいるのか」

亀山は祥子にいぶかしげな目を向けた。

「いいけど……そこまで必要か？」

「ええ」

「なんで」

角谷が亀山や亀山事務所には内緒で助けてくれようとした、とは言えなかった。

「なんでも」

「何があったんだよ」

祥子は答えなかった。

「おかしいぞ、お前。角谷と何かあったのか」

「なんにもないよ。だけど、あの人、私のこと、私たちのこと、心配してくれたんだよ。少なくともあんたよりはね」

事務所の話のあと、祥子が「小松実咲を助けられるんじゃないか」と提案すると、亀山は反対した。

「いつから、そんなに他人に関わるようになった？　俺らはただの見守り屋。ただ、夜、家に行って、見守って、朝帰って来る。それだけでいいんだから」

前にも彼が主張していた言葉をくり返した。

「それならそれでいいけど、それをいつまで続けるの？　いつまで続くと思っているの？　いつまでも子供のつもりで、家業や亀山事務所から逃げているの？」

そう怒鳴《どな》ると、彼は黙ってしまった。

昼過ぎになると、亀山は「ランチにするか」と言った。

お互い、言いたいことを言い合って、祥子は一度少し泣いてしまい、疲れ切っていた。

「もういいよ、私は家に帰る」

「そう言うなよ。おごるから昼ご飯を食べよう」

確かに、かなりお腹が空いていた。時計を見ると、一時を過ぎている。指先に力が入らないくらいだった。空腹には勝てず、祥子は小さくうなずいた。

事務所を出ると、亀山は中野駅の南口側に歩いていった。

「どこに行くの？」

「まあ、ちょっと見つけたところがあるから」

祥子の腹は空ききっていた。たぶん、亀山も同じはずだ。

中野には、南口も北口も店が多い。チェーン店もあるし、ラーメン屋も有名店が軒《のき》を連ねている。チェーンの牛丼屋を二軒通り越して、家系ラーメン屋にも見向きもせず、マクドナルドは遥《はる》か後方だ。祥子は恨めしそうに、それらを振り返った。

「私はどこでもいいんだけど」

「そう言うなって」

五差路に出ると、亀山は右側に進んだ。

「もうすぐだから」

そこまで行くと、ぐっと店が少なくなる。持ち帰りの弁当屋や歯医者があるだけだ。

大きなのぼりの前で足を止めた。

「ここ、ここ」

のぼりには、「から揚げ」と大書してあった。

入り口の脇にべたべたと、手作りのメニューが貼《は》ってある。「からあげ丼」「ミックスフライ」「牛モモプレート」のおいしそうなカラー写真と文字が躍っている。

――すべての丼で、鶏ももからあげ五〜十五、ご飯小・中・大選べます。

――ハイボール、二百円。

そのざっくりとしたサービスの方法に覚えがあった。

「あれ、ここ」

祥子は思わず声を出した。亀山は無視して中に入っていった。慌てて、あとを追う。

「こんにちは」

中にいた若い男性店員に、彼は気安く挨拶していた。たぶん、初めてではないのだろう。一時半過ぎの店内は他に客の姿はなかった。
七、八席のカウンターに、四人掛けのテーブルが二つ。素っ気ない店内だが、壁一面にびっしりとさまざまな紙のメニューが貼ってある。

——浦霞《うらかすみ》　四百円。

——せんべろセット　チューハイ七百円。

テーブルに座った亀山の向かいに腰掛けた。祥子は店の前に貼ってあったメニューと同じものを凝視した。

「何にする」

「亀、ここ、もしかして……」

祥子が思わずつぶやくと、亀山は澄ました顔で言った。

「気がついた？」

「私が秋葉原で見つけた激安から揚げの店じゃない。そのあと行ったらなくなってた！」

亀山が我が意を得たり、とでも言いたげににやっと笑った。

それは、祥子が以前、秋葉原で見つけたからあげ丼の店で、夜は飲み屋にもなっている。からあげ丼がたった五百円で、五個から十五個まで、好きなように増量できる。

祥子が前に食べた「からあげ南蛮丼」も健在だった。前の店より少し値段が高くなるが、ここでもまた五個から十五個まで選べる。さらにハイボールは二百円、生ビールは三百八十円の激安だ。

「潰《つぶ》れたんじゃなくて、移転してたのね……」

「そういうこと」

「どうしてわかったの？」

「スマートフォンという、現代の奇跡を知らないのか、お前は」

亀山は、祥子から秋葉原の店がなくなっていたと聞き、店の特徴を入力し前の店名を探した。さらに、その店名で検索したらすぐに見つかったのだと言う。その店が阿佐ヶ谷《あさがや》を経て、ここ中野に移転し、店名も変えていたのがわかった。

「安くておいしかったと言っていただろう。そんな店が簡単には潰れないよ」

「なるほど」

祥子はじっとメニューをながめた。

以前の店は、とにかく激安のから揚げの店だった。しかし、新しい店は鶏だけでなく、牛も出している。平皿に、ライスとサイコロステーキ、千切りキャベツなどがのった牛モモプレートという一品があり、それにチーズソースやらトマトソースやらで味付けを変えられるようになっている。それから、ミックスフライも新たに仲間に加わっている。から揚げだけでなく、白身フライ、エビフライ、ポテトサラダものったプレートだ。これがなんと五百八十円。

――本当に安い店だ。このミックスフライなら千円くらい取ってもおかしくないのに。

からあげ丼もから揚げのみのスタンダードが五百円（十五個まで同じ値段）、からあげ南蛮丼になると六百五十円、からあげテリマヨ丼六百円、からあげ赤カラ丼六百円（コチュジャンベースの辛味だれ）と四つから選べる。

「変わんないな」

亀山がぽつりと言った。

「え？」

「いつも注文は真剣勝負だな、お前。メニューに鼻がつきそうなくらい、じっくり見て」

「亀は何にするのよ？」

「俺は、からあげ丼。普通のやつ」

ごめん、待たせて、と思わずつぶやくと、いくらでも時間かけろよ、と笑った。

「亀も変わんない」

「え」

「いつも、必ず、ほとんど、スタンダード。どこに行っても一番普通のやつを頼む」

ラーメン屋なら普通の「中華そば」、少し凝《こ》って「チャーシューメン」、定食屋では店のお勧めか、一番上のメニューを選ぶ。

「うちは家族が多いし、事務所関係者も多かったから、こういう時にまごまごしていると、注文を忘れられることもあるから。もっと悪い時には、じいさんに『早く選べ、選択が遅い男は仕事も遅い』って怒鳴られた」

「そうか」

裕福だが、いつも人が出入りして、がちゃがちゃしていた亀山の実家を思い出した。たくさん人がいるのに、子供時代の彼はいつも孤独そうだった。

「それに、複雑なメニューを頼むと、店の人の負担になるだろう。それでなくても大人数で行って迷惑かけているのに。選挙区では悪目立ちしちゃいけない、嫌われちゃいけない、ってくどいほど言われてたから」

坊ちゃんは坊ちゃんなりに苦労していたのだ。

祥子はさっき怒鳴ったことを少し後悔していた。

「決めた、やっぱりからあげ南蛮丼、から揚げは……うーん。七個で！」

「俺は……うーん。六」

思わず、にらんでしまう。

「仕方ないだろ、小食なのよ」

「私の方が大食いに見える……」

祥子は以前と同じメニューを選び、それにハイボールをつけた。

丼を待つ間、ジョッキのハイボールが先に運ばれてくる。

カウンターの奥のキッチンからは、ぱちぱちと揚げ油のはぜる音、ぷうんといい匂いが漂ってくる。

――この匂いだけでも飲める。

「どうぞ」

亀山が促してくれた。

祥子は持ち重りのするジョッキを持ち上げてごくごくと喉に流し込んだ。

「はーーー」

前と同じ、薄いハイボール。だけど、炭酸の強さがさわやかだし、お昼はこのくらいでちょうどいい。何よりも、二百円の値段がよりいっそうおいしく感じさせてくれる。

「よし、俺も飲むか」

亀山もビールを注文した。昼間から飲むのは、彼にしてはめずらしい。

「つられたよ。お前があんまりうまそうに飲むから」

「へへへへ」

ほんの少しのアルコールが二人の気持ちを軽くしてくれたようだった。

「じいさんか、事務所の人に聞いてみるよ」

ぽつん、と亀山が言った。

「うん」

「角谷のこと」

それで、話は終わりになった。

——幼なじみなんだな、やっぱり、私たち。

「お待たせしました！」

丼が二つ、どん、どんとテーブルに並ぶ。

「ふあっ」

思わず、声が出てしまう。

「でか」

「でっか」

「こんなに大きかったっけ？　から揚げ」

亀山が若い男性店員を見上げた。

「はあ」

彼はどこ吹く風、といった風情で、カウンターの中に戻っていった。

黒い器がなかなかおしゃれで、スタイリッシュだ。

ご飯の上に、びっしりと揚げたてのから揚げ。一つが一口大どころか、五センチほどある。そこに、ほんのりオレンジピンク色のタルタルソースと甘酢だれがかかっている。ご飯とから揚げの間には刻みキャベツ。

から揚げを箸《はし》でつまみ、一口食べた。

──前も思ったけど、値段のわりに、から揚げのクオリティーが高いんだよな。肉は柔らかくて、衣はかりかり、しっかり味がついていて、でも、もちろん、濃すぎない。タルタルソースをまぶすとちょうどいい、ご飯とハイボールのおかずになる。

「うまいな」

亀山もうなる。

「これ、大食いだったり、若い男の子には天国のような店だろうね」

「うん」

「十五個にすれば良かったのに、亀も」

「そんなに食べられるか」

「あれ見ると、元気が出るの。このから揚げ、ちょっとザンギっぽくない？」

「ああ。確かに」

ザンギは二人の故郷でもある北海道の醬油味のから揚げだ。

祥子たちの口に合うのは、もしかしたら、それの味付けに似ているからかもしれない。

食べながら、店内に貼ってある、紙のメニューを一つずつ読んでみた。夜、から揚げは「六個三百円、八個四百円、十個五百円」になるらしい。昼よりちょっと高いが、それでも十分安い。「ポテトフライ三百円」だとか「キムチ二百円」だとかの中に、「せんべろセット」というのがまた目に入った。チューハイ七百円、ウィスキー八百円と書いてある。

——あ、これ、おつまみとチューハイとかのセットかと思ったら、違うんだ。

焼酎とかウィスキー五百ミリリットルとソーダ二リットル（！）、氷のセットだった。かなりの飲みごたえがある量だろう。

——これは確かにべろべろになれるわ。

「あれ見てよ」

思わず、亀山に指さして教える。

「すごいな」

「これ、昼来てさ、こういう五百円の丼で十五個のから揚げと、焼酎のセット頼んだら、千二百円で二人でもべろべろでお腹も一杯になりそう」

「まあ、二人で丼一つ、ってわけにはいかないんだろうけど。今年のうちの忘年会、ここな。見守りの仕事のあと来たら、酔っぱらうだろうな」

「え。マジ？」

祥子は弾かれたように笑ってしまったが、亀山の表情は冗談でもなさそうだった。

からあげ丼を食べ終わると、亀山はビールの残りをぐっとあおってから言った。

「よし。小松実咲のこと、なんとかしてやろう」

「ホント？」

「まあ、見守り屋がそこまでしてやることもないんだけどな。乗りかかった舟だ。なんか、やたら祥子が入れ込んでるし、こっちには手段がある。蒼太とその友達、うちの事務所の弁護士がいるし」

「うん。でも、何よりも大変そうなのは、実咲さんとそのご両親をその気にさせることだと思う。手段の方よりも」

「確かに」

なんだか、それができたら、私も救われるような気がするのだ、とは言わなかった。

それを言ってしまったら、「救われるって、何から？」と尋ねられるだろうし、祥子にもよくわからないのだった。

「すみません！　この、せんべろセット、今、頼んでもいいですか？」

祥子が店員に手を上げた。

「え」と亀山が声を上げる。

「十五時にランチタイムが終わりなので、それまででよければ」

「じゃあ、ください。ウィスキーの方」

「まじか」

「飲んでいこうよ。私がおごる」

「まあ、今日はもう飲んじゃったからな……追加でポテトフライと板わさね」

「枝豆とキムチと冷やしトマトも」

「もう、ぜんぜん、安くない」

——私はどこから逃げたいのだろう。助けられたいのだろう。

そちらの方が亀山を心配させそうだった。

ただわかるのは、なくなるものや失うものはあっても、時にそれらは復活すること。この店のように。

元箱根の病院にいる元子を思った。小山内のことも、きっと実咲のことも、今、自分にできる精一杯のことをすれば、何か見えてくるような気がした。

だから、今日はただ、から揚げをハイボールで飲み込むことにした。

第九酒　渋谷　豚骨ラーメン

もう二時間近く、親子と向き合っている。

娘は機嫌をそこねてそっぽを向いているし、母親は娘に気を遣《つか》って、ただもうはらはらするばかりで、その顔色をうかがっている。

かれこれ二十分以上、誰も言葉を発さない状態が続いていた。

膠着《こうちゃく》状態とはこのことだ、と祥子は思った。

さっきまで一緒に説得を続けていた亀山は、他の見守りの仕事の時間となり、「じゃ、また、明日にでも」と言いながら去っていった。祥子の方にだけ小さく手刀を切った。

「あとは任せた」とでも言いたげな様子だった。

場所は小松実咲のマンションの向かいのカフェだ。亀山も一緒に行くと言ったら、男子禁制の女学生用のマンションなので中には入れられない、ということで、ここを指定された。

事前に、実咲の母、明恵《あきえ》には相談の概要は伝えてあった。

実咲の問題に対処できる専門家に近いような人物がいること、一応、その人は大手のI

T企業の社員だし、亀山の父の紹介だから身元は保証できるということ、また、亀山事務所の弁護士も含め、法的な相談もできる、ということ……何よりこのまま大学に行く以外、部屋に閉じこもっている状態が続くのはよくない、そろそろ就職活動もしないといけないし、なんらかの手を打った方がいいのではないか、と。

「私は賛成です。喉《のど》から手が出るほど、その方をご紹介いただきたいです。でも、実咲がなんと言うか……」

電話で伝えた時、明恵の声には力がなかった。

「ご主人にもご相談ください」

祥子がそう確認するとその時だけは、「いいんですよ、あの人は。反対されたって、かまうもんですか」と以前より、さらに突き放した答えが返ってきた。

母親に腕を取られ、病人のように付き添われてカフェに来た実咲は、また少し痩《や》せていた。色白の美しい顔立ちで、鎖骨《さこつ》のあたりに妙な透明感があって、向こう側が透けて見えそうだった。もちろん、店の中を歩いてこちらに来る間も、スマートフォンから目を離さない。まあ、スマホを離さない若者は今時めずらしくないから、そう奇妙な光景に見えないことが救いだった。

祥子は見慣れているが、亀山はそっとささやいた。

「あれ、大学に一人で行く時ってどうしてるんだろう」

「道を歩いている間も、ずっとあんなんよ」

一度だけ、朝、通学する実咲と一緒に駅まで行ったことがある祥子は答えた。危なっかしいけれど、器用に人や車をすり抜けて歩いていくのだ。

案の定、ほんの少し説明を始めたとたん、「そんなの絶対無理。絶対ないって」と実咲は顔をしかめた。

「でもね、実咲ちゃん、せっかく、お二人が来てくださっているんだから、お話だけでもね、ね」

明恵が取りなすように言った。

「だって意味ないって。そんなことをしてもうまくいかないかもしれないし、もっとバカにされるかもしれない。ていうか、うまくいかなかったら、また、私が物笑いの種になるんだよ。信じられない。もう、何もしない方がいいんだって」

確かに、それは一理ある、と祥子も考えていた。何もしないで頭の上を通り過ぎるのをじっと待つ、というのも一つの方法だ。実咲の言う通り、失敗のリスクだって高い。

しかし、それでいいんだろうか。

押し問答の末、沈黙したまま二時間近くが経《た》ち、亀山が出て行くと、実咲は母親をなじり始めた。女だけになって、遠慮がなくなったのかもしれない。

どうして今さらそんなことを言うのか、やっと少し大学に行けるようになってママも喜んでいたのにあれは嘘なのか、結局、ママは私を恥だと思っているのか、ママたちは世間体しか考えてない。

「言い過ぎだよ、実咲ちゃん」

思わず、祥子は口を出してしまった。

「実咲ちゃんのお母さんやお父さんがこれまでどれだけ心配したと思ってるの？」

「そう言うけど、皆、私以外は最終的には他人事なんだよ。本当に私のことを考えたら、ほんの少しのリスクだって取れないはずだよ。あなたたちだってそう。他人だし、私がその専門家に頼めば、仕事の手数料だってもらえるわけだし」

下を向いていた明恵が一瞬顔を上げ、娘をたしなめようと口を開きかけて、そして、何も言わずにつぐんだ。

祥子には明恵の気持ちがわかるような気がした。こちらに失礼だと思いながらも、確かに娘の言うこともっともだ、と考えたのだろう。

やっぱり、自分の子供はかわいいし、心配だ。

一方で、それだけいきり立っている実咲も、席を立って店を出ていこうとはしないのだった。それは簡単なことなのに。

そこに、彼女の複雑な気持ちが表れているような気がした。

怖い。一歩踏み出すのはとても怖い。けれど、どこかに希望もある。もしかしたら、夢のような解決法があって、実咲をある日突然、助けてくれるかもしれない。

すべてが無に。ある日、目覚めたら、これまでの悪夢のようなできごとが全部きれいになくなっている魔法のような方法が。

祥子と亀山が提示した方法は、まだそこまでのものではないのだろう。がっかりした気持ちがさらに彼女をいきり立たせている。

「私たちもできるだけ、実咲ちゃんの負担が少なくて、リスクの小さい方法を考えているつもりだよ」

「どこが？　相手に電話することが？　私、そんなことを考えただけで、怖くて身体が震えてくる」

実際、実咲は自分の両腕で抱くようにして身体を震わせた。そんな娘をいつくしむように、明恵は背中をなでた。

「どうにかならないでしょうか。私か専門家の人が電話するとか」

「それは、それでもいいですけど」

「ママなんかが電話したら、もっとなめられちゃう」

どちらにしても、実咲を満足させる方法ではないようだった。

祥子は少し考えて言った。

「まずは、実咲ちゃんが考えている相手……もしかしたら、この人が犯人かもしれないって相手に連絡する。そして、警察に相談しているって、嘘でもいいから話してみる。それだけでも何かが変わるかもしれないってことなんですよ。決して、向こうを責めたり、怒ったりするんじゃなく、相談するみたいに聞いてみるだけ」

実咲がじっとこちらをにらんだ。

その時、祥子は気がついた。今やっと、彼女と目が合ったのだ。これまでスマホから目を離さなかった実咲が、この話を始めてからスマホを触るのをやめていた。

「ねえ、実咲ちゃんは何より、大学のお友達のことを心配して怖がっているみたいだけど、でも、その写真……今、ネットに出回っている写真は大学の友達に見せたことあるの？」

「え。ないけど」

実咲は首を振った。虚を突かれて、少し素直な態度になったようだった。

「大学の友達に高校時代の彼氏の写真なんて見せるわけない。その時は別れていたし、大学で新しい関係ができるんだもの」

つまり、大学では新しい友達や、新しい彼氏ができるのだから、昔の関係をわざわざ話す必要はないということだ。ちょっと打算的だけど、まあ当然といえば、当然かもしれない。

「じゃあ、少なくとも、それを暴露した人は大学の人じゃないよね？　とりあえず、最初に実咲ちゃんが連絡する相手は大学の人じゃないことは確か。だったら、それならできそうじゃない？」

「わかんない、でも……」

実咲は虚空《こくう》をじっと見つめるようにして、少し考える顔つきになった。

「まあ……そうかも」

「実咲ちゃんには誰かわかってるの？」

「わかんないけど……」

実咲は何度もその「わかんないけど」という言葉を挟みながらつっかえつっかえ、やっと話してくれた。

「わかんないけど、もしかしたら、前彼の今カノかな、って」

「え？」

思わず、祥子と母親が聞き返す。

「だから、高校時代の彼の、今の彼女かなって。少し前に彼から連絡来たの。ミスキャンの前。実は、奈美絵《なみえ》と付き合うことになったからって。奈美絵って、中学の同級生で、彼とは高校も一緒なんだ。奈美絵が彼のこと昔から好きなのは知ってたから、ああ、そう良かったね、って言って電話切った」

「なんで彼女がやったって思うの？」

「わかんないよ。だけど、ミスキャンの候補者になってネットに発表された時、彼からＬＩＮＥが来たんだ。よかったね、応援してるって。で、そこに〈ネットで写真見て、前よりきれいになってびっくりした。また、やりなおしたい〉って書いてあった」

「で、どうしたの？」

母親が勢い込んで尋ねる。

「どうしたらいいかわからなくてさ。正直、あの時はかなり舞い上がってたし、他にもいろんな男から誘われてたりしたから、なんとなく、そのままにしてたんだよね。そしたら、一週間くらいして、あの時のＬＩＮＥは忘れてって、また連絡が来た。それでそれっきり」

「それと、奈美絵さんって人のことはどうつながるの？」

「だから、奈美絵が彼のLINE見たのかなって。なんか、その後、奈美絵が私のこと怒ってるっていう噂もちょっと聞いたし……私がいい気になってまた彼を誘ってるとか。そんなわけないのに」

彼女は考える顔になった。

「そういう時に、ちゃんと対処して誤解を解いておけばよかったのかなあって今はちょっと思う。奈美絵とはあんまり仲良くなかったし、まあ、いいかなあ、って適当に流してた。そのことを伝えてくれた友達にも『もう関係ない。こっちにいると、地元のこととかもうどうでもいいから』とか偉そうなこと言っちゃって」

彼女は小さく唇を嚙《か》んだ。

「でもそういうこと、全部、なんか気になってた。しばらく会ってないなあって、気になってたけど何もしなかった。だから、地元で撮った昔の写真が出回った時、なんか、やっぱりって思った。やっぱりそういうふうに昔の友達を大切にしなかったから罰が当たったんだ、って」

実咲が言いたいことはなんとなくわかった。北海道出身の祥子にも心当たりがないわけじゃない。

しかし、その奈美絵という女性が流したとは祥子にはなんとなく思えなかった。彼と付き合っているというなら、なおさら、昔の恋人との関係を蒸し返すような写真を拡散させたりするだろうか。

「その、奈美絵さんという人じゃないような気がするなあ」

「ですねえ」

同じ女性として通じるものがあるのか、明恵もうなずく。

「でも、写真を手に入れられるのって本当に何人かだけだよ。彼と私の親友くらい。私だって、そんな写真いろんな人に見せたりしない」

祥子が思っていたよりも、写真の持ち主は多くないようだった。

「その親友って、奈美絵さんが怒っているって連絡くれた人？」

「そう。優花《ゆうか》っていうの」

「今、どうしてるの？　その人は」

「地元のデパートに勤めてたんだけどね、そこが閉店しちゃって」

「あれはお気の毒だったわよね」

明恵も声を合わせる。

「優花は悪くないのに、入社一年目で倒産して失業。今は就職先を探しながら、いろんなところでアルバイトしているはず。コンビニとかスーパーとか、携帯販売店とか。いい子なんだけど、なんか、デパートがなくなってから仕事が続かないのね」

「上京しようとかは考えてないのかな」

祥子も地元の短大を出た後、仕事がなくて上京した。それで自然とそう尋ねた。

「そんなこと言ってたなあ。こっちはこっちで大変だと思うよ、地元より仕事はあるけど、家賃とか生活費はかかるし、って返したような気がする」

「それであきらめちゃったのかな」

「どうだろう、最近話してないから。たぶん」

「なんで？　なんで連絡取ってないの？」

「……こういうことがあったし……優花も遠慮してるんじゃないかと思って……」

なんの確証もないが、祥子は流出させたのは彼女ではないか、と思った。

けれど、そう簡単にめったなことで人を疑うようなことは言えない。

「彼の方は？　実咲ちゃんにふられたあと、流出させた可能性はない？」

「どうかなあ。よくわからない」

祥子は、実咲の大学関係の友達や、ミスキャンの関係者についても話を聞いてみた。その中に、実咲の高校時代の友達や彼氏とつながっている人物がいる可能性は低そうに思えた。ただ、関係者の中に、一年先輩の実行委員で、しつこく実咲にＬＩＮＥを送ったり、遊びに誘ってきた男がいた、という話だけは気になった。

「それじゃあ、今の話を一度持ち帰って対処方法を考えてみます。亀山と、専門家とも相談します」

いいですね、と目で実咲に尋ねると、彼女はまた、スマホに目を落としながら、「うん」とうなずいた。

また、スマホに戻ってしまったな、と少し残念だったが、その姿は以前ほど追いつめられているようには見えない気がした。

実咲たちと話し合った数日後、亀山と仕事終わりの蒼太に会いに行くことになった。場所は蒼太の会社の近くの喫茶店に決めた。そこなら、祥子と亀山も相談が終わり次第、見守り屋の仕事に向かうことができる。

写真を流出させた容疑者として、実咲が名前を挙げた、奈美絵と優花のことを二人には事前に伝えてあった。

喫茶店で三人が集まって注文を終えるなり、蒼太はノートパソコンをテーブルの上に広げた。

「実咲さんの写真が最初に流出したのは、ミスキャンの候補者が発表された約三週間後、この掲示板になります」

彼は少し得意げにそのページを出して、祥子と亀山に見せた。

蒼太はカジュアルな服装だったが、柔らかな素材の上質そうなジャケットを着ていた。「手を紐《ひも》で縛ってください」と懇願《こんがん》していた先日の姿とはまるっきり違う。若きエリートIT社員らしく見えて見違えた。

祥子と亀山はそれをのぞき込む。

名門私立O学園大、ミスキャン候補者のエッチ写真！

それは、各大学のミスキャンについての掲示板で、どこの大学の誰がかわいいとか、誰が有望だとかいう書き込みに交じって、唐突に現れた。

「そこには画像を貼《は》ってないんだな」

「直接見られるわけではないのね」

思わず、口々に感想を述べてしまう。

「そうそう、それがちょっと悪質なところで、これをクリックすると、別のページに飛んで」

蒼太がそこをクリックすると、思わず祥子が顔をしかめるような、女性の裸やそれ以上のひどい写真が羅列されたページに飛んだ。

「違法のアダルトサイトです。そこに飛ばされた後、いくつかのページを経て、やっと見られるようになっています。貼った犯人には広告費というか、まあ、お金が入ります。たぶん、かなりのアクセスがあったはずだから、結構、稼げたはずです」

「ひどいな」

「そうねえ」

言いながら、祥子は、失業した後さまざまなアルバイトを転々としているという実咲の友達のことを思い出していた。

――簡単に疑ってはいけないけど、貧すれば鈍するって言葉もあるしなあ。

「でも、そのおかげで、犯人というか、この書き込みをしたＩＰアドレスと場所は比較的簡単に見つかりました。まあ、ちょっと特殊な場所だった、っていうこともあるんだけど」

「え、どういうこと？」

「こういうことは、さすがに自分のスマホとかパソコンではしにくいですよね。だから、マンガ喫茶とか、そういう場所を使う人が多い。だとしたら、ああいう場所は入る時に身分証を呈示させるから、本格的に事件になれば警察が犯人を特定できる。ただ、今回はちょっと違った」

「どこだったの？」

「図書館」

「え」

「宮城県内の図書館のＰＣを使ってます。そこがどういうシステムになっているのか、パソコンを使う時に何か身分証等が必要なのか……防犯カメラがあるかどうかもわかりません」

祥子と亀山は顔を見合わせた。

「図書館か……」

「それから、広告費のお金が振り込まれる、銀行の口座番号もわかった。これは会社の同期に調べてもらったんですけどね」

「ありがとう」

「これもまた、その人たちがもっと詳しく調べたいということになれば、警察に持ち込んで個人を特定することもできるし、動かぬ証拠になります」

「なるほど」

祥子は深いため息をついてしまった。

そこまでのことを実咲たちは望んでいるだろうか……。

「まあ、こちらで口座番号から本人を特定することも可能ではあるんだけど、個人情報でもありますし、一応、その小松さんたちに確認してからの方がいいかと思って」

「本当にそうね。蒼太くん、ありがとう」

祥子は頭を下げた。

「お礼は会社の経費で出すから」

亀山が言い掛けると、蒼太は手を振ってさえぎった。

「お金を受け取ったとなると、勤務時間内に会社の設備を使って調査を行い、報酬をもらったことになります。さすがに僕もそこまではできませんよ。これは好意の範囲内ってことで費用は結構です」

「でも、そういうわけには」

「じゃあ、今度、三人で飲みに行きましょうよ。おごってください」

彼はそう言って、次の約束があるからと帰って行った。

「さあ、どうする?」

亀山が、蒼太の後ろ姿を見送りながら言った。

「どうしますかねえ」

「やっぱり、小松さんたちに相談するのが一番だよな」

「私もそう思う。私としては、実咲ちゃんがそのお友達に連絡するのが一番いいような気がしているんだけどね。実は調査をして、警察に相談している、口座番号の情報も押さえているって話したら、案外うまくいくんじゃないかしら」

「そうだな」

その後、祥子が実咲の家に行き、小松親子に話すことになった。


「そうだったんだ」

この間の話で、ある程度、覚悟ができていたのか、実咲は意外と落ち着いていた。

「だからね、口座番号から犯人を特定するのはそうむずかしいことじゃないの。でもね、そこまでやっていいかどうかっていうのは、私たちには判断できないから」

「……図書館でしょ。優花が一時期、アルバイトしていた場所だよ」

実咲が淡々と言った。

「市役所とか図書館とか、そういう場所は長期のアルバイトはできない規則があるらしくて、三ヶ月だけだって言ってた。優花は本とかも好きだからそのバイトは喜んでいたけど」

そうだったんだ、そうだったんだ、そうだったんだ。

実咲は無意識でなのか、何度も同じ言葉をつぶやいた。

「どうする？　実咲ちゃん、もっと調べてもらう？　それとも、お母さんが優花ちゃんのお母さんに、話してみる？」

明恵が心配そうに、娘の顔をのぞき込んだ。

「私が話す」

実咲がきっぱりと言った。

「私にも悪いところがあったんだもん。優花の話、あの頃、忙しくていい加減に聞いてたこともあったような気がする。警察に行ったり、銀行口座調べたりするより先にまず話してみる」

「そうだね、私もそれがいいと思う。あんまり彼女を追いつめずに、悩みを聞いてほしいみたいな言い方で、これこれこういうことが起きていて、警察に相談しているって話してみたら？」

実咲はうん、とうなずいた。

「今日は遅いし、明日、ママと一緒に電話してみるよ」

実咲は少し笑った。ほんのわずかだったけど、やっと見ることができた、彼女の笑顔だった。

「ありがとう、祥子さん」

「ううん、私も少しほっとした」

「なんかおなかが空《す》いてきちゃった」

「そう？　なんか食べる？　ママ、作ろうか」

明恵が嬉しそうに尋ねた。

「私、行ってみたい店があったんだ」

実咲がまた、スマートフォンを手にする。しかし、その姿は今までとは少し違ってい
た。

「ここ。皆で行ってみない？」

実咲が見せたページに、「え、これ？」と祥子は少し顔をしかめてしまった。

それを見て、彼女はさらにころころと笑った。

「ここで写真撮って、久しぶりにインスタにアップしたい。新しいアカウントを作って」

祥子と明恵は顔を見合わせた。

「それはまだ早いんじゃない」

明恵が穏やかにたしなめると、彼女は強く反抗せずにうなずいた。

「でも、行ってみたいな」

「それなら行きましょうよ。パフェ食べて帰ってくるくらいならいいでしょ」

祥子は同意した。実咲がやってみたいことなら、それがスマホを見ること以外ならなんでもやらせてあげたかった。


実咲が連れて行ってくれた店は、渋谷の駅近くにあった。

彼女が見せた画面には、色とりどりのパフェの写真が貼ってあった。

「夜パフェって言うのよ。札幌《さっぽろ》から流行りだしたんだって。北海道出身なのに、知らないの？　祥子さん」

「そういう、スウィートな世界とは無縁なもんで」

「夜パフェ」という名前の華やかさには少し似合わない、居酒屋などが立ち並ぶ繁華街の雑居ビルだった。

あれ、本当にこんなところに？　と心細くなるが、エレベーターを降りるとシンプルな雑貨屋風の入り口が見えて、ちょっと安心する。

さすがに今話題の店らしい。夜も遅いのに、カップルが店の前に並んでいた。

「まあ、おいしそう」

店の前に置いてあるメニュー表をぱらぱらとめくって、まず、そんな声を上げたのは、実咲の母親だった。彼女は娘とこういう場所に来ることに慣れているようだった。実咲もそれをのぞき込んでいる。

十分ほどで入店することができた。意外に、回転の速い店なのかもしれない。

店内はそう広くはなく、テーブル席が六つとカウンター席が少し、テーブルは小さく、その間隔が狭い。けれど、それが店の客入りの良さを表しているとも言える。

運ばれてきたメニューは写真ではなく、詳細なイラストでパフェの種類が描かれていた。それによると、一つのパフェにアイスクリームや生クリーム、果物など、かなりたくさんの食材が使われていることがわかる。

——写真よりイラストの方がいいのかもしれないな。写真だと、ただの華やかなデザートにしか見えないし。

パフェの値段が千五百円から二千円くらい。それに三百円でドリンクがつくらしい。そして、ドリンクはコーヒーや紅茶のようなソフトドリンクはもちろん、ウィスキーやスパークリングワインなども選べる。

——なるほど、ここが夜パフェが夜パフェであるゆえんか。飲んだ後、飲み足りない客にも対応できるわけだ。

祥子がピスタチオとプラリネのパフェ（それを選んだのは、一番味が想像しやすかったから)、実咲がネーブルで作ったフィルムというものが載っているという、ちょっと意味がわからないパフェ、母親がリンゴのゼリーやソルベで「りんごの並木」を表したパフェを選んだ。飲み物は親子がコーヒー、祥子だけが白のスパークリングワインを頼んだ。

注文するまで、ほぼ十五分以上、二人は楽しそうにメニューを見ながら相談していた。

その光景は、彼女たちがずっと姉妹のような親子関係を楽しんできたことを祥子に思わせた。

きっと、そういう二人の姿を、父親である夫も楽しみ、大切にしてきたのだろう、と。

だからこそ、父親は戸惑《とまど》い、あまり有効な手だてを見つけられなかったのかもしれない。

今、小松家には多少のすきま風が吹いているのかもしれないが、それも、この問題が落ち着けば、きっと元に戻る日が来るような気がした。

とはいえ、まだ、実咲がスマホを完全に手放せているわけではなかった。店の前に並んでいる間も見ていたし、注文が終わるとまたのぞいていた。

けれど、それを見つめる母親の姿にも多少の余裕ができていて、じっと実咲の方を見たりせず、楽しそうに祥子に話しかけたりしていた。

——まあ、これでよかったのではないか……。

パフェと飲み物が運ばれてきた。

「うわーきれい」

当然のように、実咲は声を上げた。

祥子のパフェも、普通の喫茶店やファミレスのものに比べれば華やかだし、母親のものもおしゃれだった。しかし、実咲のがやはり一番すごかった。

パフェのガラス器の中に空間があって、そこに小さなバラの花が咲いている。その上にソルベの層があり、さらにオレンジ色の果汁でできた透明の板状のものが丸く成形されて載っている。それがネーブルのフィルムらしい。

——食べ物、というより、完全にオブジェだ。

「こちらのお花は砂糖漬けになっていて召し上がることができます。全部をかき混ぜて召し上がるのが、一番おいしいです」

実咲は店員の説明に返事もせずに、一心に写真を撮っていた。

「実咲ちゃん、そろそろいい加減にしなさい」

思わず、母親が苦笑交じりにそう注意したのは、彼女が自分のものだけでなく、祥子や母親のパフェを写真に収めるまで、食べ始めるのを許さなかったからだ。

「祥子さんに失礼よ」

「かまいませんよ」

写真撮影が終わって（実咲は三つのパフェと自分とが入るように写真を撮ることも懇願した）、やっと口をつけることができた。

「おいしいね」

先ほど店員に勧められたのに、実咲はやっぱり崩すのは「もったいなくってできない」と上のマンダリンオレンジのソルベだけをすくって言った。

「おいしいですね」

三人でそれぞれアイスを口に入れてうなずいた。

正直に言うと、祥子は二人ほど感動してはいなかった。

ピスタチオのアイスクリームも、さまざまな種類のチョコレートのアイスクリームも祥子の好物だった。けれど、その味は少し物足りなく、どれも凡庸《ぼんよう》だった。

——ひとつひとつのアイスクリームの個性がくっきりと浮かび上がってこないんだな。もちろん、おいしいにはおいしいんだけど。どれも同じ、チョコレートの甘い何かの味というか。

実咲と母親のパフェも少しずつ味見をさせてもらった。

それもまた、普通のオレンジとリンゴのソルベやアイスクリームの味であり、特に実咲のパフェは、店員に勧められたとおり、すべてのアイスや果物を混ぜてしまうと、ほとんど判別不可能だった。

でも。

——これでいいのだ。

祥子は思った。

実咲の笑顔は、味がどうとかというよりも、このきらきらときらめく宝石のような、夜のパフェに向けられたものであり、そういうものがどうしても「必要」な時はあるのだ。

——こういう店が今はやっぱり、大切なのだ。

まあ、祥子にとっては冷たくて、甘すぎて半分ほどしか食べることができず、もったいないことをしてしまったが。

店の前で、親子二人と別れた。

「また、ご連絡しますね」

母親は、またスマホを見つめている娘と一緒に、タクシーに乗り込みながら微笑《ほほえ》んでいた。

祥子はうなずき返しながら、もう呼んでくれなくてもいいのですよ、と心の中で言った。

呼ばれなくていいのだ。自分のようなもののことは忘れてくれていいのだ。また、あのパフェのような生活に戻って欲しい。

それが彼女たちの幸せなのだから。

最終電車にぎりぎり間に合う時間だった。緩《ゆる》い坂を下って、渋谷駅に向かった。

「あ」

小さく声が出た。

目の前に、有名チェーン店の豚骨ラーメンの店があった。

――食べたい……この冷たく甘くなってしまった口に、あのラーメンを流し込みたい。ビールと一緒に。

しかし、電車の時間と、体重のことを考えてあきらめた。

結局、翌日、渋谷まで来てしまった。

豚骨ラーメンの引力は強い。強すぎる。

店は午前十一時からで、開店までまだ数十分あった。渋谷のデパートの地下の食料品売場をぶらぶらしながら買い物をして時間を潰《つぶ》そう、と思っていたら、スマートフォンが鳴った。

小山内からだった。

彼とは、元子の病院にいっしょに行って、家まで送ってもらった後、それきり連絡を取っていなかった。

迷いもあったし、戸惑いもあった。

「はい」

少しどきどきしながら、電話に出た。

「お久しぶりです。小山内です」

いつもと変わらない、フラットな声だった。

「犬森です。お元気ですか」

「はい」

一瞬、間があった。お互い、何を話したらいいのか、迷っているような気がした。

「お仕事の後でお休み中じゃなかったですか」

「あ、大丈夫です。起きてます」

「よかった。祥子さん、寝ている時は消音モードにしていると言っていたから、すぐにお出にならなければ切ろうと思っていたんだけど」

以前に、仕事が終わった後、寝ている時は電話の音は無音にしているのだ、と言ったことを覚えていたのだろうと思った。だから、この時間でもかけてきた。

「今、どちらですか」

祥子は、ちょっと黙った後、つい笑い出してしまった。

「渋谷なんです」

「渋谷……?」

「渋谷で豚骨ラーメン食べようと思って、店の開店を待っているんです。昨日から食べたくて」

そんな食い意地の張った自分がなんだかおかしくて笑ったのだった。

「ラーメンか、いいなあ」

「ふふふ。細麺の豚骨です。五百円なんですけど、おいしいんですよ。ビールも飲みます。紅ショウガとコショウをいっぱい入れて食べるんです」

「祥子さんはコショウ入れる派か……」

ラーメン、いいなあ、とまたつぶやく声が聞こえてきた。

「よかったら、ご一緒してもいいですか」

「え」

「実は、自由《じゆう》が丘《おか》にお住まいのライターさんと打ち合わせして、その帰りなんです。近くにおりまして」

「あ」

ほんのわずかだけ躊躇《ちゅうちょ》して、それを気取られないように、

「いいですよ」と大きな声で答えた。

「ありがとう。それじゃあ、すぐに行きます。店の前で会いますか」

「はい。店の場所と名前、ＬＩＮＥします」

電話を切った後、大きく深呼吸した。小山内とちゃんと話そう、と思っていた。ちょうどいい機会なのだと考えることにした。

ほぼ十一時きっかりに彼はやってきた。

「やあ」

手を挙げて、祥子に合図した。

さすがに渋谷といえども、超人気店でもない店に、開店前からやってきていたのは二人だけだった。

小山内が着いたのとほぼ同時に、店員が引き戸をがらりと開けて、のれんを掛けた。四人掛けのテーブルに案内され、向かい合って座った。

「ここ、初めてです」

「そうですか」

「新宿とか、御茶ノ水《おちゃのみず》とかにも支店がある店ですよね。名前は前から知ってて気になってたんだけど、入ったことはなかった」

「なんというか、普通の店ですけど、普通においしくて好きなんです。なんか、安心できる味というか」

祥子は普通のラーメンとビール、小山内はチャーシューメンを注文した。

「安いなあ。しかも、替え玉も一つは無料とか」

「はい。でもね、最初から大盛りじゃないから女性も食べやすいんですよ」

「なるほど」

すぐに二人のラーメンとビールが運ばれてきた。小瓶のビールだが三百五十円と手頃な値段だ。

小山内がビールを小振りのグラスについでくれた。祥子はラーメンが気になりながらも、まずはビールを一口飲む。

「ああ」

つい声が出てしまう。

「おいしそうですね」

少しうらめしそうな顔で小山内が言った。

「そりゃ、もう、昨日の晩からずっと、ここのラーメンとビールのことを考えていましたから」

ビールの後はもちろんラーメンだ。麺は硬めを注文していたが、いそいで引き寄せる。

まずは麺だ。細い細い麺にこってりしすぎないけど、しっかり豚骨の風味が利《き》いたスープがよくからむ。そして、ビールを飲む。やっぱりおいしい。「あー」とまた声が出てしまう。

「これでいいんだよなあ」

前に座った小山内が思わず、という感じでつぶやいた。

「あ、そうです。これでいい、という感じのラーメンなんです」

「確かに、普通においしい。豚骨ラーメンは名店と言われるところでもたくさん食べたし、本場の博多《はかた》でも食べたけど、でも、これでいい、これもいいと思います。気楽に食べられて、祥子さんが昨夜から夢見ていた、というのもなんかわかる」

「はい。私もいろんなラーメンを食べてきたけど、何度も来たことがあるのはここだけかもしれません」

「しかし、この、福岡の街を二つ並べた店名はどういう意味なんだろう」

小山内は首をかしげる。

「これ、地元福岡の人にはちょっと不思議な感じらしいですね」

「でしょうね、渋谷新宿、みたいな感じだから」

そして、ラーメンをすすりながら、この近くの店で実咲に付き合って「夜パフェ」というものを食べたことを話した。

「おいしかったんですけど、甘くて舌も冷たくなってしびれてしまって。その店から出て、坂を下ってきたら、ここが目に入ったでしょ。もう、ああ食べたいなあ、って」

「なるほど」

「だから、やっとほっとした感じ」

「それで、問題は解決したのですか」

「ええ。なんとか。というか、まだ、完全じゃないんですけど、その糸口が見えてきた、というか」

それはよかった、と目を合わせて微笑む。

——ああ、この時間も大切だ。私にとって、小山内さんはやっぱり、大切な人だ。だけど、それは子供のお父さんになってもらったり、恋愛したりすることじゃない。

そのことをちゃんと伝えなくてはならない。大切な人だから。

「あの、小山内さん」

彼は静かにラーメンの器から顔を上げた。

「あの」

祥子が言いよどんでいると、小さくうなずいた。

もうわかってますから、と言いたげな表情だった。

こういうところも含めて、彼は本当にいい人なのだ。マイルドな、豚骨ラーメンのように。

祥子は小さく少し早口で説明した。

昨夜、実咲と実咲の母親と写真の流出事件を解決しようとしたこと、その中で二人の姿を見ていて、娘がいくつになっても母親は母親なのだと思ったこと、夜パフェの店でもずっと娘を見つめている母親を見て、こういう視線が子供にとって必要なのだと思ったこと……。

ひるがえって、自分の娘の明里のことを考えてしまったこと。

「子供にとって、両親のそれぞれが別の人と付き合っている、と言いますか、まあ、元夫は再婚しているわけですが、別の人と恋愛しているというか、別の人を想っている、もしくは、想っていると子供に感じさせることをしていいのか、わからなくなってしまって」

「ああ」

小山内は深くうなずいた。

「そうでしょうねえ」

「もちろん、もっと時間が経てば、また別の選択があるのかもしれません。また、娘だって本当のところどう思っているのかわかりません。私たちは別居しているわけだし。だけど、今は」

「大丈夫です、わかりましたよ」

小山内は優しく笑って、そして、ラーメンの汁を飲み干した。

「でも、たまには、食事くらいはしたいですね」

「ええ、もちろん」

祥子はうなずいた。

気がついたら、ラーメンは食べ終わっているのに、ビールはまだ瓶の中にもグラスにも残っていた。それをこの後、飲み干そうとも思わなかった。小山内もそれについては何も言わず、二人は席を立った。

こんなに酒を残すのは、後にも先にもないかもしれない、と祥子は思った。

第十酒　豊洲　寿司

祥子は早朝、ゆりかもめの市場前駅《しじょうまええき》にいた。

新しい豊洲市場を見学するためである。

「やっぱり、樋田先生は行けそうもないのですよ」

小山内学から編集者の立場で連絡があったのは、先週のことだった。

「あんなに楽しみにされていたのに、今月に入ってから高熱が続いて再入院されましてね。ご本人はまだ希望は捨ててなくて、私もいつかは行くからそのための偵察に祥子さん
に行ってほしい、そして、話を聞かせてほしい、ということで」

あんなやりとりがあった後なのに、何事もなかったかのように話してくれるのが、いかにも彼らしかった。

「私なんかでいいんでしょうか。編集者さんの方が正確に状況を説明できそうじゃないですか」

「いや、祥子さんの方がいいみたいで」

嬉しかったが、少し、責任が重かった。

その気持ちを察したのか、小山内がすかさず言葉を重ねた。

「たぶん……我々だと、先生が報酬を払うわけにはいかないじゃないですか。こちらも出版社の社員だから受け取るわけにもいかない。でも、祥子さんになら堂々とお金を払える。そういう理由もあると思います。そういうところ、とても気になさる方なので」

「そういうことなら、お請けしやすいです。ぜひ、行かせてください」

事前に、日当と食事代を渡されていた。これで、市場の中を見て、なんでも好きなものを食べてきなさい、というわけだ。

――ありがたい話だが、責任重大でもある。

八時過ぎに駅に着くと、観光客らしき人たちと、働いている人たちが行き交っている。

――前に、築地で会った人と、また会えるかな、さすがに無理か。

改札口を出ると、目の前に長い大きな連絡通路が広がっている。しばらく進むと、それは二手に分かれた。青果棟と水産仲卸売場棟、どちらかをまず選ばなくてはならない。

――ん？　こういうことは想定していなかったぞ。どっちに行ったらいいんだろう。

祥子はしばらく迷った後、「見学コース」があると書かれている、水産仲卸売場棟の方を選んだ。コースがあるからなのはもちろんだが、なんとなく、市場は「水産」の方が華やかな気がした。

ただの偏見かもしれないが。それに、青果の方も、水産の後に行くこともできる。

進んでいくと、市場に入る前に、飲食店が並んでいる場所があった。

ちらりとのぞくと、喫茶店が二軒並んでおり、その奥はいきなり寿司屋がびっしりと軒《のき》をつらねている。

――見学が先の方がいいよね。だけど、ちょっと、ちょっと、ちょっとだけのぞいて行こう。あんまり混んでくるようだったら先に入った方がいいかもしれないし。

飲食店街をぐるりと一回りする。さすがにまだまだ満員の店は少ない。

けれど、築地時代も大人気で行列ができていた「寿司大《だい》」はここでも大人気で、すでに外国人観光客がずらりと並んでいた。

しかし、この様子なら見学の後でも十分店に入れそうなので、祥子は先に見学コースを回ることにした。

水産仲卸売場棟に入ると、警備員がいて、入館者用の見学者カードを渡してくれる。それを胸に下げてコースを回るらしい。

中には豊洲市場のパノラマがあったり、東京の市場の歴史をたどる写真のパネルが貼《は》ってあったりした。それらを見ながら奥に進むと、細長い窓が廊下の両側に開いている場所に来る。そこから、下の仲買店を見られるエリアなのだった。とはいえ、ごく細い隙間《すきま》から、下の仲買店をのぞいているような具合になる。

やはり、どうしても何か、働く人々を金魚鉢か水族館の魚を見るようにながめている感じがしてしまう。

それはいじわるでいやらしい見方だ、と祥子も自分を戒《いまし》めたが、細い窓の脇に、春夏秋冬の魚の説明が書いてあるのが、どうしても水族館感とでも言うべき雰囲気を醸《かも》し出しているのだ。

――否定的なことは言いたくないけど、これはお世辞にも前よりいいとは言い難《がた》い……。

しかし、これなら市場の人たちをじゃましたり、ターレやトラックにひかれそうになったりする心配はない。また、「豊洲は悪臭がひどい」と一部で報道されていたが、そのようなことはほとんどない。臭いなら、築地の方がずっとひどかった。

そこを通り抜けると、「魚がし横丁」という物販・食品店が並んでいるエリアがあった。包丁などの台所用品や調味料、海産物、乾物、肉屋、卵焼き屋など、さまざまな店が並んでいて、見ているだけで楽しい。その先は一般客には開放されておらず、ターレが行き来するのがガラスのドアの向こうに見えた。

「さてと」

思わず、小さくつぶやいてしまう。

さてと。

一応、水産部門の見学コーナーは終わった。

——これなら、お楽しみの、ご飯を食べに行ってもいいんじゃないでしょうか。

もちろん、いつ行ってもいいわけだが、祥子は思わず、自分自身に問いかけてしまう。

今来た道を逆戻りし、飲食店街に乗り込む。

水産仲卸売場棟の三階には、そこだけで二十軒あまりの飲食店が並んでいた。

——ああ、どうしよう。築地で行った、親子丼と水炊きそばの店もまた行ってみたいし、やっぱり、市場なら寿司というのも定番だし。とんかつやうなぎ、カレーも捨てがたい。

築地で入ったあの喫茶店はどこにあるのか。

祥子はまずはぐるりと飲食店街を回ってみる。

親子丼の店はここにもあった。しかし、驚いたことに、鶏スープで作ったラーメンの、「水炊きそば」のメニューがなくなっている。

——親子丼と、親子丼にカレーをかけたカレー丼、水炊きの定食はあるけどそばがない！

なんてこった。

スマートフォンで調べると、その店はまだ築地の方にもあるようなので、そちらではそばを食べられるかもしれない。けれど、ここにはないようだった。

――うーん、あれがないのはさびしい。

有名な「寿司大」の行列は相変わらずで、さきほどよりさらに長くなったようだ。けれど、築地の時の行列に比べると、少しましかもしれない。

――「寿司大」はいつか食べてみたいけど、今日はいいや。

うなぎの写真に心惹かれたり、カレーの匂いにくらくらしたりしながら、祥子はやっぱり、一軒の寿司屋に呼び寄せられるように食いついてしまった。すぐに座れそうだし、外の看板に貼られている写真の「おまかせ握り」がとてもおいしそうだ。

――よし、ここに決めた。

もう、なんだか、この店に一生ついていくくらいの覚悟だった。

のれんをくぐると、すぐに「いらっしゃい！」という威勢のいいかけ声があがって、カウンターの端に案内された。そこが空いているのは店の外からも見えていて、実はそれがこの店を選ぶ一つの決め手となっていた。

「どうぞ！」

目元のきりりとした、祥子と同じくらいの年頃の職人さんからメニューとおしぼりを渡される。

回っていない寿司屋のカウンターに一人で座るなんて、初めての体験だ。樋田春佳からの指令と、「万札」がなかったらできなかった芸当だろう。

注文するのは「おまかせ握り」とほぼ決めていたが、飲み物をまだ迷っていた。メニューをじっと見てしまう。

とはいえ、そうたくさんの種類があるわけではない。瓶ビールとノンアルコールビール、日本酒は菊姫《きくひめ》の冷酒と熱燗《あつかん》、常温、そして、ソフトドリンクが少々。

「『おまかせ握り』と、日本酒の常温をください」

どきどきしながら注文すると、「まいど！」の威勢のいい声に救われた。

ちょっとほっとして、あたりを見回した。カウンターは祥子の他に、やはり女子の二人連れが二組、反対側の端に外国人観光客らしい人たちが二組。女性は皆、溌溂《はつらつ》として美しく、楽しそうだった。

——いいなあ。女子がきらきらした目をしてお寿司を食べているのを見るって、なんかいい。カウンターのお寿司は緊張ものだけど、こういう市場の寿司ならちょっと気楽だよね。ここで初体験してみるっていうのは、いいかもしれない。

祥子も少し肩の力が抜けた。

彼女たちも冷酒やらビールやらを飲《や》っている。外国人観光客はあまりアルコールは飲んでいないようだ。これからいろいろ回るから、朝から酒を飲んでもいられないのか。それとも食事と一緒に飲む習慣がないのか。

中華圏の人は、あまり食事と一緒にお酒を飲まない、という話を昔、友人の幸江に聞いたことがあった。

――幸江、元気だろうか。最近、仕事が忙しいみたいだけど、亀山とはうまくいっているのかな。

まず、常温の菊姫がきた。

祥子は常温の酒が好きだ。口あたりが良くて、その酒本来の香りや味がわかりやすい。

いや、もちろん、冷酒も好きだし、熱燗も捨てがたい。

――常温「も」好きだ、と言うべきだな。

しかし、こんな酒、世界にどれだけあるだろうか。

そのままでうまく、冷やして最高、温めて嬉しい。

――他にあるか。一流の赤ワイン、冷やしたり熱くしたりできるか、ってんだ。

陶器の黒い酒器。それを運んできた、若い、見習いらしい青年の頬《ほお》がつやつやと輝いていて、手が美しい。

いかにも寿司屋らしくて、ちょっといい場所に来たな、と思える。

——ああ、しかし、そんなところに眼がいってしまうのは、歳を取った証拠なのかもしれない。

手酌で酒をお猪口《ちょこ》についで一口飲んだ。さっぱりと、でも甘みもあって、寿司に合いそうな酒だった。

「はい、これはお酒の友達です」

突き出しをそんな言葉で出された。

何か魚の内臓の煮付けらしい。臭みもなくて、酒にとても合う。

「ああ、おいしい」

ごくごく小さく、声が出てしまった。

その間に、祥子の前にガリと卵焼きがのった長方形の皿が置かれた。伊達巻き風の卵焼きの焼き色が美しい。それだけでわくわくする。

そして、一貫目の寿司が、職人の手のひらから魔法のようにあらわれた。

「最初は、長崎のクエです。塩がかかっていますから、そのままお召し上がりください」

すんなりとした、白い魚の寿司だ。箸《はし》でつまんで口に入れる。

鯛《たい》よりやわらかい。でも、しっかりとした歯ごたえ。ほのかな塩味。まったく生臭さのない脂身。

「おいしいです」

小さくつぶやくと、カウンターの向こうの職人さんがにっこりと笑った。

角谷さん。

今、どうしているのだろう。

おいしいものを食べた時に思い出したら、それは恋なのかもしれない。

なんてね、と祥子は心の中でつぶやいてから、考え直した。

違う。逆だ。

食べたもので男を思い出したら、それはとびきりうまいものだということだ。

〈あなたのことを、いつも考えています。〉

そんな手紙が届いたのは、先週のことだった。

〈本当に申し訳ないことをしてしまったと思い返し、本当に危険なことに巻き込んでしまったと後悔し、〉

線は細いけれど、しっかりとした筆跡だった。以前に、電車の発車時刻と乗車駅を記した手紙をもらった時よりもしっかりした字のような気がした。

〈ただただ、深く反省しております。

事務所は退職いたしました。代議士や、他の秘書を面倒なことに巻き込んでしまった、さまざまな方たちへの謝罪のためです。〉

いや、それは、彼が本当に自主的にやったことなのか。前に会った時にはそうは言っていなかった気がするのだけど。

何度も何度も読み返して、ほとんど覚えてしまった文面を祥子は思い出しながら酒を飲む。

〈前の世界とはすべて縁を切って、裁判を受け、一からやり直すことにしました。まだ、どのような判決が下されるかはわかりません。でも、そう決めて、少しすっきりしました。〉

そうして罪を一人でかぶる必要があるのだろうか。

こういうことにうとい祥子にはわからない。

亀山に相談してみたい。そうしたら、何か適切なアドバイスをくれるだろう。解説してくれるだろう。あの世界の決まりを。

だけど、それを言えない理由が、次の文章にあった。

〈本当に申し訳ないことだと思いながら、それでも、あなたにもう一度会いたい。もう一度お会いして、このたびのご迷惑の謝罪と、できたら、事の成り行きの説明をしたい、と思っているのです。本当に図々しいお願いだと思いながら。〉

行けるわけがない。

そんな迷える気持ちとは裏腹に、次は華やかな海老《えび》の寿司だった。

これはツメが塗ってあって、またそのまま食べられるようになっている。一口でぱくりと食べた。

北海道育ちの祥子は、どこか茹《ゆ》でた海老なんて認められない気持ちがある。どうして生で食べないのだろう、とつい思ってしまう。しかし、ここの海老は東京に出てきてから初めておいしいと思った。

——茹で方がいいんだろうな。生臭くなくて甘い。

次にピンクの寿司が出た。

「カツオです」

「え？　カツオですか」

「そうです」

思わず聞き返してしまったのは、それが脂で真っ白だったからだ。腹身の脂ののった部分なのだろう。まるで大トロのような淡いピンク色をしている。こちらにもツメが塗ってあって、刻んだ小ネギがのっていた。

――こんなの初めて食べた。

口に入れると、意外に脂っこくない。マグロやサーモンのようなこってりした感じではない。でも、いつも食べているカツオとはまったく違う。赤身魚の生臭さがこちらもまったくない。

「氷見《ひみ》のブリです」

――産地を言われると、よけいおいしい気がする。

〈私は来週保釈になります。ここから出ることができましたら、一度、お会いすることはできないでしょうか。保釈された次の日、御殿場の「とらや工房」に併設されたカフェでお待ちしています。時間はいつでもかまいません。ずっとお待ちしています。逮捕された時、スマートフォンも証拠品として押収されてしまって、いつ返してもらえるかもわかりません。保釈された日はどこに泊まるかも決まっておりません。なので、たぶん、あなたからの連絡はつかないでしょう。だから、こんな図々しいお願いができるのです。お互い、連絡がつかなかった、ということでいろいろなことがごまかせますから。〉

その手紙は、彼が所属していた事務所を介して、亀山事務所を経て、数日前、祥子にやっと届けられた。亀山は何か言いたそうな顔をしながら、でも、それを言ったら祥子に怒られることがわかっているから言わない、という表情でそれを渡してくれた。

彼の言う通り、いろいろな言い訳ができるようになっている手紙だと思った。行かなくても、お互い、「手紙が届かなかったのかもしれない」「保釈日がわからなかったのかもしれない」「届いた時には遅かったのかもしれない」「届いていても予定があってこられなかったのかもしれない」「御殿場まで行くのが面倒だったのかもしれない」と傷付かないよう都合のよい解釈ができる。

若くない男女のやり方らしいと思った。もう、子供じゃない、でも、完全な大人でもない。

祥子もあまり罪悪感なく無視できるように。でも、昨日、角谷は今日保釈される予定だと亀山から聞いてしまった。

最後に、〈あなたが来なかったらそれであきらめます。〉と書いてあった。

――ひどい人。本当にひどい人だ。私にどうしろというのだ。

元より、祥子に行く気はなかった。

なんといっても、娘の明里のことがあった。彼女のために、小山内の好意を断ったのに、ここで彼を受け入れるわけにはいかない。

それでも、どこか気持ちはざわめく。

ちゃんと返事をしないと悪いのではないか。

あの時、とても楽しい時間を過ごしたのは確かなのに、それをないものにはしたくない気持ちがある。

でも、あんなによい人の小山内を子供のために断って、彼を受け入れるなんて、あまりにも道理が通らない。

何より、今はまだそこまでの気持ちは自分にはない。

それにやっぱり、御殿場まで行く、というのは重い。気が重く、荷が重い。それをしたら、彼に余計な期待を持たせてしまうことにならないか。

——とにかく、ダメなの今は。だって、私は明里のことを第一に考えよう、と決めたのだから。

「アワビです」

「はいっ」

急に声をかけられて、思わず、点呼でもされたように返事をしてしまった。

「あ、すいません」

なんだか、顔が熱くなりながら箸をのばした。

アワビは新鮮なのか、処理がいいのか、さくっと嚙《か》みちぎれてやわらかい。アワビをこんなにしっかり食べたのは初めてかもしれない。

――今朝は初めてづくしだ。

「鯵《あじ》です」

格子に切り目を入れ、すり下ろしたショウガをのせた一品だった。

北海道、特に道東や道北では、昔はあまり鯵を食べなかった。鯵のひものを食べるくらいなら、ホッケにする。脂ののった、大きな縞《しま》ホッケや真《ま》ホッケがいくらでもあるからだ。祥子は東京に来たばかりの頃、スーパーに手のひらほどの鯵のひものが結構なお値段でたくさん並んでいるのを見て、びっくりしてしまった。なぜ、こんな小さな魚に？　と不思議だった。最初はそのおいしさがよくわからなかった。元夫の家で、たびたび食べるようになり、その繊細な味をやっと理解した。

――こうして刺身で食べると、鯵というのは本当においしいものだなあ。

「キンキです。少しあぶって、塩をかけてあります。そのままどうぞ」

あぶられた皮が鮮やかに色づいて、反《そ》り返っている。

――ああ、こうしてあぶった魚って脂が香ばしくておいしいなあ。これ、一番気に入ったかもしれない。

「ウニとイクラとどちらがお好きですか」

「……じゃあ、ウニでお願いします」

職人さんは何も言わなかったけど、北海道のウニのようだった。もちろん、苦みや臭みはまったくないウニだからするりと喉《のど》を通っていく。

――このウニは、釧路《くしろ》や襟裳岬《えりもみさき》で食べたのと同じ味がするねえ。

最後の中トロとアナゴを前にして、巻き物を作ってくれた。

ネギトロ巻きとたらこ巻きで、「ネギトロの方には醤油をつけてください」とここで初めて、明確に醤油を指示された。

――お寿司屋さんでちゃんと作ってもらった巻き物って格別だよなあ。海苔《のり》は厚くて黒くて、ふんわりやわらかく巻いてあって。これ、スーパーとかコンビニの巻き物とは別の食べ物だ。あれはあれでおいしいけれど。

それを食べながら日本酒をすすり、どこか、茫洋《ぼうよう》とした気持ちになっていた。海を漂っているような、ふんわりした充足感。

「すいません。外にクエって出てましたよね。お刺身でもらえますか」

祥子の三人向こうの、二人組の女性の一人が頼んだ。

「あ、今日はもうクエは終わっちゃったんですよね」

「え、外に出てたのに」

祥子は内心、私はいただきました、おいしかったですよ、とつぶやいた。

「すいませんね。今日はね、あとは、黒ムツしかないの。しかも、これからさばくから時間がかかっちゃう」

「いいですよ、それ、ください」

職人さんたちの間に、一瞬の戸惑《とまど》いというか、わずかなためらいのようなものが浮かんだような気がした。

彼らの一人が、奥からごそごそやって、一匹の魚を持ってきた。

「これなんですよ」

それは、なかなかの大物だった。一メートル以上は確実にある。大柄な大の男が腕に抱えきれないくらいの。

「これだから、二十分はかかっちゃうのね」

すると祥子のすぐとなりから、

「じゃあ、あたしたちももらいます！」と威勢のいい声が響いた。

「え、それはつまり、彼女たちとは別の、女性二人組が頼んだのね」

樋田が苦しい息の下から、あえぎあえぎ言った。

「そうなんです。私の他に、女性の二人連れが二組来てたので」

「なるほど」

「なんていうか、こう、じゃあ、私たちも加勢しなくては、みたいな感じだったんですよね。カウンターの、朝から酒飲んでる女たちの一体感、というか」

「ふふふふふ」

樋田が低く笑う。その笑いは、すぐに苦しそうな咳に変わった。

「あ、すみません」

「いいの、いいの」

祥子がベッド際の棚からタオルを渡すと、彼女はそれで口元を拭いた。

「大丈夫。続けて」

「で、私も、これは『助太刀《すけだち》いたす』って感じで『私もください、一人前!』って頼んで」

「いいわねえ」

「いや、なんかそういう勢いだったんですよ」

あの時は楽しかった、と祥子は自分でも言葉が弾んでいるのがわかった。

「昔はさ」

樋田が言った。

「女ってだけで食べ物屋では嫌な顔されたのよ。女は飲まないし、食べない。いつまでもだらだら話して長《なが》っ尻《ちり》ってね。だけど、それだけじゃなくて、生意気だっていうのもあったんだと思う。女だてらに飲み屋に来るな、ここは男の場所だって縄張り争いみたいに」

「それ、バブル前ですか」

「ううん。バブルの後くらいまで、結構、あったわよ。不況になって女に頼らざるを得なくなったのかも」

「なるほど」

「でも、今は違う。反対でしょ。女の子の方が、いっぱい飲むし食べる。店も華やかになるしね」

「レディースランチやレディースデーもあるくらいですし」

「店が呼んでいるんだもんねえ、女を。私が昔、ＯＬ時代に行った居酒屋なんてね、女の子のオールヌードのでっかいポスターが貼ってあったの。今じゃ考えられないでしょう。男しか来なかったのよ、完全に。安くておいしい店だったから、私が友達を連れていくようになって数ヶ月、気がついたら剝《は》がされていた」

　祥子は思わず笑った。

「さあ、それで、その黒ムツはどうだったの？」

「最高でした」

　祥子はその時の味を舌に甦《よみがえ》らせるようにして思い出した。

「大きな魚だったから、脂がのっているんです。まさに黒ムツで、黒い皮をつけたまま、その皮をさっとあぶってあるんです。だから、脂がほどよく行き渡り、でも軽くて、お酒によく合いました」

「ああ、いいわねえ。お寿司は巻き物で終わり？」

「いいえ、それから、中トロとアナゴが」

「ああ、最高のラスト」

「はい。中トロ、脂がきつくなくて、ちょうどいい感じでした。口の中でさっととけるという感じじゃなくて、しっかり味わいも残る感じ。それから、アナゴ。アナゴはやっぱり、ああいう、ちゃんとした店で食べると本当においしいですよね。やわらかくて甘過ぎなくて、身がほろほろ崩れる感じ」

「豊洲はどうだったの？　行ったのは水産のところだけ？」

「いえ、ご飯を食べた後、青果の方にも行きました」

祥子はどう話そうか、少し迷った。

「青果の方も、同様に上の階から市場を見下ろす感じになっているんです。でも、窓が大きく作られているので、いわゆるセリを見るなら、青果の方がいいかもしれません」

「そうなのね」

「もう、私が行った時は終わっていましたが」

「じゃあ、市場は全部、今は上から見下ろすことしかできなくなったのね」

「はい」

祥子はそれらをどう伝えればいいのか迷っていた。

「あれはあれでいいと思います。市場は仕事場で本来は観光用や遊び場じゃないですから。ただ、正直、私は、先生に言われて、移転前のあの築地市場を見ておいて本当によかった、と心から思いました」

今の豊洲市場を否定したくない気持ちもあった。できるだけ穏やかな言葉を選びたかった。

「本当に感謝しています。豊洲も、たくさんの人が入れるし、見やすいです。でも……」

「ある種のものは、ある日あっという間になくなる」

「はい。そう思いました」

そして、しばらく樋田は黙った。

祥子も次の言葉を黙って待った。

数分経《た》ったところで、樋田の息の音がしなくなったような気がして焦《あせ》って立ち上がった。

「え」

思わず、彼女の鼻と口の上に手のひらを当てる。息が……息をしていない！

「え⁉」

「……生きてるわよ、失礼ね」

祥子の手の下で樋田はぱちっと目を開けた。

「あー、びっくりした」

謝罪より先に、安堵《あんど》のため息が出た。

「ちょっと眠たくなっただけよ。そんな簡単に死ねないわよ」

「すいません。でも、本当に、びっくりした」

「いやあねえ」

二人で声を合わせて（樋田はやはり苦しそうだったが）笑ってしまった。

「祥子さんといると笑えていいわ」

「ありがとうございます」

「でもねえ、私だって、たぶん、もうすぐよ」

「え？」

「ある時、ふっとここからいなくなる」

祥子は返事ができなかった。

「皆、ここからある時、いなくなる」

「は……い」

「築地、豊洲、寿司、ラーメン、カレー、銀座、日本橋《にほんばし》、オムライス、日本酒、ビールの泡、雨、道路、電車、アイスクリーム、雲、わたあめ、私のマンションの部屋、靴……」

樋田は小さく、小さく、ぽつりぽつりとつぶやいた。

「もう靴を履《は》くことはないかもね」

そして、そのまま、寝入ってしまった。

ひと晩、見守りの付き添いをして、朝七時に病院を出た。

どうしよう、どうしよう、どうしよう。

築地駅に向かう道々、一歩一歩が、胸の鼓動が、迷いを運んでくる。

どうしよう、どうしよう、どうしよう。

樋田が口にした言葉の数々は、気がついたらなくなってしまうものたちのたとえだったのかもしれない。

「築地、豊洲、寿司、ラーメン……」

祥子はその一つ一つを思い出して、自らもまた、口にしながら歩いた。

樋田が少し前まではいくらでも享受できたのに、今は絶対に手に入らなくなってしまったもの。

祥子は彼女に一つ話していなかったことがあった。

前、築地市場に行った時に、常連らしき老人たちと楽しく話した喫茶店、それがなくなっていたのだ。その店は名前はそのままで天ぷら屋に変わり、朝の時間は開店していなかった。あのミルクセーキはもう飲めない。

どうしよう。

樋田が眠ってしまった後、祥子はじっと暗闇で考えていた。

御殿場で待っているという角谷。

今日、会いに行かなかったら、きっともう二度と会えない。

どうしよう。

今の時間、ここからだと、御殿場には新橋《しんばし》から東海道線で行くのが一番早いらしい。

——とりあえず、新橋まで行って、考えよう。いや、新橋に行くまでに考えよう。

決して、彼と付き合おう、というわけではない。

今はそのつもりはまったくない。

けれど、もう一度会って話さなかったら、どこか後悔してしまいそうな気がする。

——でも、明里のことは？

明里とは、その後、以前と同様に、月に一回会うおだやかな関係が続いていた。

「誕生日をさ」

つい、先月、明里が口にした。

「わたしの誕生日に、ママも一緒にご飯を食べようって、美奈穂ママが言ってた」

「え、本当に？」

「うん。ママに言っておいて、って」

喜びが胸いっぱいに広がった後、祥子は考えて言った。

「……それ、お祖父ちゃんたちも一緒かな？」

「ん？　違うんじゃない？　わかんないけど」

「そう、それじゃあ、とりあえず、お祖父ちゃんとお祖母ちゃんと、明里ちゃんたちで食べることにしたら？　それが終わってから、別の日に、明里ちゃんとママはご飯を食べてもいいから」

「う……ん」

「お祖父ちゃんたちもきっと明里ちゃんのお誕生日、お祝いしたいと思うよ」

自分は少し優等生過ぎる回答をしてしまったかもしれない。

けれど、明里が一歳の誕生日の時、義理の父母たちがどれだけ喜んだか、覚えていた。写真館でわざわざ皆そろって写真を撮り、その日一日は、「祥子さんへのお礼の気持ちもあるんだから、一日家事をお休みして」と家でなく、レストランの個室を予約してくれた。義父はビデオカメラを新調して、その一部始終を収めていた。

自分はあのような時間を全うできなかった。あの日の風景を維持することができずに、手放してしまった。あの時の写真や動画を、彼らも痛みなしには見ることができないだろう。そんなふうにしてしまった責任を、自分は負っているのだ。

「じゃあ、美奈穂ママに聞いてみるよ」

少し不服そうに言って別れてから、その後連絡はない。

——娘とは……娘とは少しずつゆっくり関係を立て直していきたい……私は、まだ角谷と付き合う気持ちは、今は本当にないのだ。だけど、ちゃんと挨拶《あいさつ》だけはしたい。いけないことだろうか。

新橋に着くと、すぐに出る東海道線があることがわかった。一回の乗り換えで、十時くらいには御殿場に着くことができる。

——一度だけ。一度会って、きちんと説明が聞きたい。電車に乗っている間に気が変わったら、帰ってこよう。

ふっとスマホを見ると、美奈穂から久しぶりにメールが届いていた。

「お久しぶりです」とそれは始まっていた。

「明里ちゃんからお誕生日のこと、聞きました。私の方も気がつかなくてすみません。義徳さんと、ご両親とも相談して、皆、一緒に明里ちゃんを祝えたら、ということになりました。義徳さんのご両親、私たち、祥子さんでパーティできませんか？　よろしくお願いします」

祥子は思わず、微笑《ほほえ》んだ。

元夫の親と会うのは、離婚以来だった。もちろん、いろいろ思うところはあり、面倒な気持ちはなくもないが、今は明里の誕生日をみんなで祝ってやれることの喜びの方が大きかった。

何より、明里がどれだけ喜ぶだろう。

ありがとう、ぜひうかがいます、と書いて送った。

祥子は切符を買って東海道線に乗り込んだ。

初めは通勤客でいっぱいだった。しかし、横浜でごっそり降りてしまうと、とたんに車内は、妙にのんびりとした雰囲気となった。

祥子もやっとシートに腰を下ろした。

〈前には、お誘いすることができませんでしたが、とらや工房のカフェは、私が御殿場で一番好きな場所です。〉

そこも見てみたい。素直に思えるようになっていた。


御殿場で降りてから、タクシーに乗った。

ネットで調べると、アウトレット行きのバスに乗って、バス停のある駐車場から歩く、という方法もあるようだったが、初めて行く場所で、それは少し不安だった。

タクシーの運転手は、工房の駐車場にとめてくれた。

「ここから歩いていけますよ」

車から降りて、丁寧《ていねい》に方向を教えてくれた。

竹林の中の小道に入ると、すでに、老年の女性たちが何人か連れだって同じように歩いている。皆、楽しそうにおしゃべりしたり、写真を撮ったりしていた。

――平日のこういう場所は、今はほとんど、元気な老婦人たちで埋め尽くされているな。

その場所は、現総理の祖父の邸宅だったところに隣接しているらしい。茅葺《かやぶ》き屋根の寺にあるような門をくぐると、開けた場所に出て、カフェのある建物と池が見えた。入り口にはすでに行列ができていたが、席には空きがあり、少し待てば入れるようだった。

行列の中に、角谷の姿はなかった。祥子は拍子抜けしたような、ほっとしたような気がした。

――もう着いているのだろうか。それともこれから……？

入り口のところに、今日のお品書きがあった。

ここの名物らしい、どら焼きや最中《もなか》、大福などのメニューが並んでいた。

それを見て、祥子は衝撃を受けた。

――酒がない……？

メニューのすべてに煎茶《せんちゃ》がセットになっているらしいが、アルコールメニューが何もない。

——久しぶりだ。こういう店に来るのは久しぶりだ。

売場の横が工房になっていて、ガラス張りの向こうで、白衣を着た若者たちが和菓子を作っているのが見えた。手前の女性が銅板の上で一心不乱にどら焼きの皮を焼いているのを並びながら見ていた。規則的な動きが美しい。

祥子は少し反省した。

——そうよ、朝から飲まない、これが健康的な生活よ。

お菓子を買って煎茶を受け取り、カフェに入って庭に面した席に座った。

広いけれど、落ち着いた庭が見わたせる。ゆったりとした時間が流れる中、お茶を飲んだ。

池に鳥が降りてきたのが見えた。いったいなんの鳥だろう、と目を凝らしていると、その奥の小道の枝が揺れて、向こうから男が一人歩いてくるのが見えた。

角谷だった。

以前に比べると少しほっそりしたようだったが、ほとんど変わらない姿だった。薄そうなコートを着て、微笑んでいた。

目が合ったかどうか、さだかではなかった。でも、祥子には、彼が自分を見つけて微笑んだように思えた。

――来てくださったんですね。

――はい。来ましたよ。

目で会話したような気がした。

彼はそのまま、まっすぐ祥子に向かって歩いてきた。

それまでは何を話そうか、とずっと考えていた。なんと説明したらよいのか、と。

けれど、彼の表情を見たら、そんな説明はいらない、とわかった。

ただ、ここにいることで、いいのではないか、と祥子は思った。

解　説――ランチ酒はさびしくてたのしい時間

書店員　花田菜々子《はなだななこ》

「何重にも面白さが詰《つ》め込まれている！」

……これが本書『ランチ酒　おかわり日和《びより》』を読んだ私の、ありのままの飾らぬ感想だ。

本書は原田《はらだ》ひ香《か》さんの「ランチ酒」シリーズの第二作である。主人公の犬森祥子《いぬもりしょうこ》はバツイチのアラサーで、見守り屋という不思議な仕事をしている。就業時間は深夜から朝まで。依頼者の家に出向いて朝までそばにいるというだけの、ハードルが高いような低いような訪問サービスだ。性的なサービスなどを提供しないのはもちろんのこと、料理を作ったり掃除や片付けをする家事代行でもない。依頼主もそれぞれに何ともしがたい事情を抱えていて、この見守り屋を利用している。

深夜の仕事ゆえに、祥子の退勤時間はいつも世の中のランチが始まる時間と重なる。だから祥子はたまたまその日訪れた知らない街で、仕事上がりの一杯を求めて、よさそうな店に足を踏み入れる。おいしいごはんと一杯のお酒をひとりきりで楽しむ時間は、その日の見守り仕事で会った依頼者とのやりとりを反芻《はんすう》したり、離婚した元夫や離れて暮らす娘に思いを馳《は》せたりと、自分の心の声に耳をすますための大切なひとときなのだ。

＊

タイトルと目次から想像がつくかもしれないが、『ランチ酒　おかわり日和』は、実在すると思われる飲食店が一話ごとに登場し、とびきりおいしそうなごはんとお酒が次々と紹介される連作小説であり、そして深夜の「見守り屋」という仕事を通してつながる人々を描いたやさしい物語である。だが、この本の真の魅力はそんな紹介だけではまったく語りきれない。

まず第一に魅《ひ》かれたのは、この主人公の不思議な才能である。祥子はすぐ人にナメられ、言いたいことも言えずに、後からあれこれと思い出してはくよくよするようなタイプ。一見、憧《あこが》れるような主人公像とはほど遠い。依頼者の悩みや困りごとをヒーローのように解決するわけでもなければ、強く明るく依頼者を勇気づけるわけでもない。基本的にはただいっしょにいるだけだ。

しかしそんな気弱な性格だからこそ、祥子は面倒な依頼者のことも決して見下したりはしないし、ずけずけと人の内面に踏み込んだりもしない。その人を細やかに観察し、踏み込んでいいギリギリのラインを見極めて、ある瞬間に本質にすっと入っていく。だから最初は警戒心をあらわにしていた依頼者たちもつい本音を語り出し、自身の弱さをさらけ出してしまう。羨《うらや》ましい限りの才能である。何より読んでいる自分自身も、こんな人が来てくれるならいつか深夜に「見守り屋」をお願いしてみたいなあなどとつい妄想《もうそう》してしまう。

また、毎話ごとのゲスト（依頼者）たちの面白さも大きな魅力だ。これがまた曲者《くせもの》ぞろいで、こいつだけは無理と思うようなイヤな奴もいれば、ちょっとヤバい匂いがするけれどこれは好きになってしまうかもしれない、というような素敵な人もいる。その全部に実在のモデルがいるんじゃないかと思うほどリアリティーがあって、善人や悪人といった役割に簡単にはカテゴライズさせてくれない、複雑な味わいを醸《かも》し出している。

そして何よりも魅力的なのが、自由自在のストーリー展開である。まだ本書を読んでいない人のためにあまりネタバラシはしたくないのだが、漠然と「食べものと酒と街、一期一会の人との出会いを描いた小説」だと思いながら油断して読んでいた人は（何を隠そう自分もそうである）ある章で「おい！　突然小説のジャンルが変わったぞ！」と心ざわめいたのではないだろうか。また、そうかと思えば突然、祥子によるエロ小説さながらの官能的な食べもの描写を依頼者といっしょにじっくり味わう回に出くわしたりもする。そしてまさかの最終話での急展開。

例えて言うなら、お寿司屋さんのカウンターで次はどんな握りが出てくるだろうと待っていたらコロッケが出されるような驚きだ。しかもそれがまたおいしいのだからますます困ってしまう。

だいたいが本書に出てくるお店にしたって「街のどこにでもありそうだけど味わいのあるいい店」に焦点を当てているのかなと思えば、全国的に超有名な名店を出してみたり、某高級チェーン店を出してみたり、とルール無用なのである。

そうやって私たち読者の「こういう小説なのでは？」「こうなっていくのでは？」という予想はことごとく裏切られる。普通を書くプロではあるけど、無難なことは一切書かない。原田ひ香という作家はエンタテインメントの天才なのだ。

そうそう、魅力的すぎて言うまでもないので言うのを忘れていたが、登場するごはんとお酒のおいしそうな語りはもちろん大きすぎる魅力だ。ただおいしそうなのではなく、祥子のひとりごと風の気の抜けた自由な「食レポ」は、なんだか妙にユーモラスでハマってしまう。

＊

『ランチ酒』は日常から少しだけずれた〈ささやかな非日常〉のアイコンである。朝起きて出勤し、十二時に昼食をとることが当たり前の世間の中で、『ひとりで店に入り食事とともに酒をオーダーする、ちょっと疲れた雰囲気の女性』は、わかりやすく奇異の目で見られたりはしなくても、まだまだ異端だろう。「昼から飲むなんて」とこちらの職業の都合も知らずに偏見を持つ人もいれば、「いい年をした女がひとりで飲んでいるなんてかわいそう」と思う最低の人までいるかもしれない。祥子だってそんなことは知っている。知りながらも必要以上に萎縮したりはしない。でも過度に開き直って、昼飲みする自分を声高にアピールすることもない。ただそこにいる、その佇《たたず》まいがすごくいいなと思う。ひとりで的外れな時間に飲むことは、きっと少し楽しくて少し寂しい。そんな『さびしたのしい』気分を食事やお酒とともに味わっているのではないだろうか。

たしかに家族や好きな人との食事はおいしいし、ひとりでする食事は味気ないと感じることもある。だが、ひとりのランチ時間は、自分にとって楽しさやおいしさだけのためのものではなく、自分の心と向き合う時間であり、あるいは瞑想《めいそう》のように「今、ここ」に集中することで心を整える時間でもあるのだと思う。ひとりでランチの店を決めるとき、そして食べるとき、私たちは自らの心の声とよく話すことになる。ささやかなことだが「今どんな気分なのか」「何を望んでいるのか」を自分にまっすぐに問い、決めること。これは人生の問題とも直結している態度ではないか。時間をかけて下した決断が失敗することもあれば、思いがけずいい方向に転ぶこともある。すべてを前向きに捉《とら》える必要もないし、全部がうまくいくことなんてありえない。人生の問題と、ランチに何を食べるかという問題は突き詰めれば同じことだと思う。ランチは瑣末《さまつ》な問題で、人生の問題のほうがずっと深刻で重大かもしれない。けれど日々のささやかなできごとと人生の大問題はいつもゆるくつながっていて、マーブル模様のようになって私たちの心を占めている。だから「疲れたから食事は何でもいいや」と思考停止せず、人生に悩みながらも今そこにあるもののおいしさをきちんと感じようとする主人公の姿が私は好きなのだ。

この本には何重にも面白さが詰め込まれている、と冒頭に書いた。『さびしたのしい』ひとりの時間の大切さを伝えるこの作品は、それだけでなく、同じ作品の中で同時に、他者と関わることの大切さについても雄弁に語る。しかも、それは親しい「近い他者」ではなく、「少し遠くの他者」である。

自分のことをよく理解してくれている、家族・恋人・友人というかけがえのない人たち。一方で、かけがえのない人だから見せられない自分というものもまたある。心配をかけたくない、期待を裏切りたくない。そんなふうにいつだって私たちは装ってしまう。でもそんなとき、遠い距離にいる人にだからこそ、本音で話せることがある。

祥子は業務上の必要から、しばしば初対面の人と一対一で会うことになる。知らない人と一対一で会うことを多くの人が嫌がるのは、犯罪やトラブルの心配、あるいは相手が変な人だったらどうしようという不安が理由だと考える人が多いのではないか。だが、もしそれらの可能性が排除されたとしても、基本的に私たちは「怖い」のだと思う。無色の自分が、ゼロからでもまたきちんと自分になれるのか試されることが。だからこそ、その恐怖を乗り越えて知らない人といい時間を過ごすことができたとき、私たちは少し自分に自信を持てるようになるのだろう。

遠い他者、近い他者、そして自分ひとりでいること――どの関係にも優劣はない。でもどれもが大切なのだ。遠くの他者と関わることで、今まで知らなかった自分を知ることもある。自分がひとりであるという孤独を知っているからこそ、他者とわかちあえることもある。

祥子の姿は、ひとりで立つことと他者と関わることの両方が、「自分が自分でいるために必要なのだ」と教えてくれる。

夜中という不思議な時間は、あるべき自分の姿が揺らぎ、普通からはぐれてしまった人たちを受け止めてくれるやさしさがある時間なのだろう。あるいは昼間に少しだけ楽しむお酒にもそんな効果があるのかもしれない。

＊

シリーズ第一作の『ランチ酒』をすでに読み、この「おかわり」をついに手に取る、という人は元夫の義徳《よしのり》や愛娘《まなむすめ》の明里《あかり》との関係がどうなるか気になっていた人も多いのではないだろうか。新たに後妻の美奈穂《みなほ》も加わり、新たな家族のあり方が書き進められているのも読みどころである。それ以外にも前作でなじみのある人物が再登場したりと、これを読み終えた後はきっとまたもう一度前作を読み直したくなるだろう。

そして、本屋でふとこの本を手に取り、「これは続編なのか。じゃあ前作から読んだ方がいいのかな?」と購入を迷っている人がいるとしたら、まずはぜひこちらから読んでいただきたい。こちらから読み始めても十分理解できるし、むしろその読み順のほうが楽しめるかもしれない。

そしてこの作品のファンである読者の方々が本作を読み終えた後の最大の関心事は、「この続き、いったいどうなるの⁉」というところではないだろうか。もちろん私もそうである。なんと、二〇二一年にシリーズ第三作の『ランチ酒　今日もまんぷく』がすでに単行本化されているとのこと。娘、元夫、そして気になるあの人……登場人物との今後の関係はどう描かれているのか。まさか新藤《しんどう》（「第二酒　秋葉原《あきはばら》　角煮丼」に登場）と再婚したりしないよね……？

文庫を待つ派の方はもうしばらくお待ちを。私は単行本を買って、ランチ酒をしながら読んでしまおうか、とひそかにたくらんでいる。

（この作品『ランチ酒　おかわり日和』は令和元年七月、小社より四六判で刊行されたものです）

一〇〇字書評

切り取り線

購買動機（新聞、雑誌名を記入するか、あるいは○をつけてください）	
□（　　　　　　　　　　）の広告を見て	
□（　　　　　　　　　　）の書評を見て	
□ 知人のすすめで	□ タイトルに惹かれて
□ カバーが良かったから	□ 内容が面白そうだから
□ 好きな作家だから	□ 好きな分野の本だから

・最近、最も感銘を受けた作品名をお書き下さい

・あなたのお好きな作家名をお書き下さい

・その他、ご要望がありましたらお書き下さい

住所	〒				
氏名		職業		年齢	
Eメール	※携帯には配信できません	新刊情報等のメール配信を 希望する・しない			

この本の感想を、編集部までお寄せいただけたらありがたく存じます。今後の企画の参考にさせていただきます。Eメールでも結構です。

いただいた「一〇〇字書評」は、新聞・雑誌等に紹介させていただくことがあります。その場合はお礼として特製図書カードを差し上げます。

前ページの原稿用紙に書評をお書きの上、切り取り、左記までお送り下さい。宛先の住所は不要です。

なお、ご記入いただいたお名前、ご住所等は、書評紹介の事前了解、謝礼のお届けのためだけに利用し、そのほかの目的のために利用することはありません。

〒一〇一－八七〇一
祥伝社文庫編集長　清水寿明
電話　〇三（三二六五）二〇八〇

祥伝社ホームページの「ブックレビュー」からも、書き込めます。
www.shodensha.co.jp/bookreview

祥伝社文庫

ランチ酒《ざけ》　おかわり日和《びより》

令和 4 年 6 月 20 日　初版第 1 刷発行
令和 6 年 7 月 10 日　　　　第 8 刷発行

著　者　原田《はらだ》ひ香《か》
発行者　辻　浩明
発行所　祥伝社《しょうでんしゃ》
東京都千代田区神田神保町 3-3
〒 101-8701
電話　03（3265）2081（販売部）
電話　03（3265）2080（編集部）
電話　03（3265）3622（業務部）
www.shodensha.co.jp
印刷所　堀内印刷
製本所　ナショナル製本
カバーフォーマットデザイン　芥 陽子

Printed in Japan ©2022, Hika Harada　ISBN978-4-396-34812-0 C0193

祥伝社文庫の好評既刊

原田ひ香　ランチ酒

バツイチ、アラサーの犬森祥子。唯一の贅沢は夜勤明けの「ランチ酒」。疲れを癒す人間ドラマ×グルメ小説。

垣谷美雨　農ガール、農ライフ

職なし、家なし、彼氏なし――。どん底女、農業始めました。一歩踏み出す勇気をくれる、再出発応援小説！

垣谷美雨　定年オヤジ改造計画

鈍感すぎる男たち。変わらなきゃ、長い老後に居場所なし！　長寿時代を生き抜くための〝定年小説〟新バイブル！

小池真理子　間違われた女　新装版

一通の手紙が、新生活に心躍らせる女を恐怖の底に落とした。些細《ささい》な過ちが招いた悲劇とは――。

小池真理子　追いつめられて　新装版

こんなはずではなかったのに――ふとしたきっかけが恐怖の落とし穴の始まりだった。極上サスペンス全六編。

大木亜希子　人生に詰んだ元アイドルは、赤の他人のおっさんと住む選択をした

アラサーの元アイドルとバツイチ中年おやじが同居⁉　恋愛や将来の不安を赤裸々に綴った悩める女子物語。